陈思和
黄玉峰
主编

少年读中国文学经典

②

从宋词到明清小说

四川人民出版社

图书在版编目（CIP）数据

少年读中国文学经典. 2，从宋词到明清小说 / 陈思和，黄玉峰主编.
—成都：四川人民出版社，2025.6
ISBN 978-7-220-12646-8

Ⅰ. ①少… Ⅱ. ①陈… ②黄… Ⅲ. ①中国文学－古典文学
－文学欣赏－青少年读物 Ⅳ. ①I206.2-49

中国版本图书馆 CIP 数据核字（2022）第 090628 号

SHAONIAN DU ZHONGGUO WENXUE JINGDIAN 2：CONG SONGCI DAO MINGQING XIAOSHUO
少年读中国文学经典 2：从宋词到明清小说
陈思和　黄玉峰　主编

出版人	黄立新
责任编辑	李淑云　朱雯馨
装帧设计	李其飞
责任校对	林　泉　吴　玥
责任印制	周　奇
出版发行	四川人民出版社（成都三色路 238 号）
网　址	http://www.scpph.com
E-mail	scrmcbs@sina.com
新浪微博	@四川人民出版社
微信公众号	四川人民出版社
发行部业务电话	（028）86361653　86361656
防盗版举报电话	（028）86361661
照　排	四川胜翔数码印务设计有限公司
印　刷	成都勤德印务有限公司
成品尺寸	170mm×240mm
印　张	19
字　数	250 千
版　次	2025 年 6 月第 1 版
印　次	2025 年 6 月第 1 次印刷
书　号	ISBN 978-7-220-12646-8
定　价	68.00 元

中学生为什么要学习文学？

陈思和

记得很久以前，读过一本书，是关于法国作家雨果的传记，书里面有一句话的意思至今还在我的脑子里盘旋。法国作家雨果从小深受贵族母亲的保皇派思想影响，但其作为共和派军人的父亲却说，男孩在少年时代多受母亲的影响，但成年以后就以父亲的影响为骄傲了。——原话是记不清了，大致的意思是不错的。虽然我现在已经过了花甲之年，但还能时时回忆起当初诵读这句话时的感受，因为它印证了自己在成长历程中曾经有过的类似的经验。

放开去说吧，也许我所要说的意思与雨果所表达的风马牛不相及——我说人的生命，总是在童年时代的母亲的体温、乳汁和柔和的催眠声中一点点成长起来，那时候婴儿刚刚脱离母体不久，本能地亲近母亲的身体，这是一个生命与另一个生命的施恩与感念、呵护与依偎、心灵感动与熟悉记忆的信息交流关系，这不仅仅是最初的生命教育，也是最初的文学教育，通过生命与生命之间的感应、启悟、教育而达到一种浑然提升的境界。然而，到了男孩长大成人，血气方刚，面对社会与人生，充满了迷茫和好奇心的时候，他最需要的是来自父亲的男性的鼓励和智慧，需要激发起面对人生的勇气和能力，需要来自有丰富社会阅历和社会经验的人的精神指导，这是一种来自社会战场上生死搏斗中的战士襟怀和临场发挥。后一种教育是社会的教育、素质的教育以及技能的教育。如果说，母亲用生命唤起你做人的自觉，还是一种与生俱来的能力，那么父亲帮助你成为一个成功的社会人，则是后天的学习所致。这样的教育双全的孩子，一般来说才是健全的孩子。然而在两者之间，前者是更为本质的关爱，后者是更为有用的培养。

也许每位中学生都在经历着这两种教育交替的过程，他们正在迅速长大成人，认识世界，他们的身心极需要父亲式的教育，引导他们赶快成熟起来，进入社会；而母亲的关爱和作用，渐渐地被淡化。——说到这里，读者当然明白了我所说的雨果的故事仅仅是一个比喻。这个比喻针对当下社会的某种教育状况提出了问题，即在社会行业竞争越来越激烈，科学技术越来越发达，功利主义、实用主义潮流导致成功标准越来越单调划一的大趋势下，文学教育究竟承担了何种作用？作为以弘扬本民族的语言文学为宗旨的学科，作为以美育代宗教的人文教育传统的象征，文学，原来无可争辩地占据着民族教育的中心位置。但是在现代的竞争机制下，文学教育越来越被视为那些实用学科的陪衬物，如果不是每年高考坚持将语文作为重要考试科目的话，很可能它在中学教育中的位置会江河日下，惨不忍睹。

中学生走进社会一定是带了自身的教育背景的。在现阶段的社会发展趋势下，各种连接着全球经济的自然科学与实用型的社会科学知识都是比较吸引人们的眼球的，我把这一类专业教育视为父亲式的教育，这是每个青少年都迫切需要的教育；而人文教育、素质教育（在中学里主要是通过文学教育来体现的），是关涉人之为人的理念的灌输和教育，它并不教给学生具体的谋生技能，但它使接受教育者视野更加开阔，心理更加健全，感情更加丰富，对自我的认识更加清晰。我把这样的一种教育称为母亲式的教育，它是更为根本性的教育。虽然，每年从中学毕业的学生中间真正去从事中文专业或者其他人文专业学习的人并不多，但由于这种教育关涉人性的培养，不仅仅以专业育人，因此对每一个不同专业的学生来说，也都是有意义和必要的一种普通教育，换句话说，人文教育应该成为中国高等教育必修的一门基础课程。

中国是个拥有伟大文学传统的国家。在古代，国家意识形态的教育是通过文学媒介传达给接受教育者的，所以中国的文学内涵极为丰富。五四运动以来，西方的新思想新文化传入中国，以“人”为叙事核心的西方文学引起了中国读者的关注，并产生了深远的影响，从此中国的现代文学创作有了强烈的西方文学的精神因子。二十世纪的中国学生大都是在中西方文学名著的传统下接受教育并认识人生的。即使在全球性的日本动漫、电脑游戏、传媒明星泛滥成灾的当下文化生活中，儿童出版物里占有极大优势的读物，仍然是中外文学名著的普及本。因此，中国儿童的学龄前教育和小学阶段教育都不缺乏初步的文学教育，他们的幼小心灵中已经及时播下了爱和美的文学种子，它是会发芽开花的。但问题是目前中学阶段的教育，强势的高考压力和社会竞争意识使中学教育不得不全力以赴来对付考试，而文学审美能力的培养不得不被忽视。这样的话，就像雨果先生所说的，孩子所受的来自父亲的影响就会一天比一天地多起来。这当然是为适应社会竞争而不得不采取的教育策略，但问题在于，是否在父亲式的教育加强了以后，就可以无视或放弃母亲式的人文的教育呢？幸而最近几年全国中学语文新课标已制订并在进行推广，以文学审美能力培养为主要教学目的的教材也正在逐渐尝试。这样的努力，也可以说是重新感受母体温暖的努力吧。在这一点上，雨果可能也是太自信了，也太低估了母亲对孩子的作用吧。

出于这样的需要和理念，我和黄玉峰先生主编了一套中学文学读本（中国文学部分）。这套读本的最初设想是以二十世纪五十年代教育部编订的高中文学教材（四册）为蓝本的，那是一套我至今还认为非常好的文学读本。我们现在的编撰构思依然是以文学史为主要线索。我们的目标是，通过阅读和教学这套文学读本，使中学生大致能了解中国文学的发展变化线索及其审美特点，大致能了解伟大的文学传统如何像一条河流，从远古绵绵不断地流传下来，再从我们这一代的生命中流淌过去。

中学文学教育里必然包含着语文知识的教育，两者并不矛盾。而且优秀文学作品是学习语文知识的最好教材。瑞典著名汉学家、诺贝尔文学奖的评委马悦然先生在复旦大学演讲和开座谈会时，一位从事对外汉语教学的老师向他提问：在教外国人汉语的教材里，是否应该放入优秀的汉语文学作品？马悦然先生迫不及待地高声回答：越早越好！越早越好！马悦然先生长期从事汉语教学，他这么回答实在是出于经验之谈。因此，对于中学的语文教学来说，文学审美能力的培养以至于整个人文教育，都应该是如马先生所说的：越早越好！越早越好！

大量阅读经典，教育回归传统

黄玉峰

传承和创新本不该对立，也没必要刻意区分孰主孰从。

苏东坡说："博观而约取，厚积而薄发。"博观、约取、厚积就是传承，薄发才是创新。

怀特海说："在中小学阶段应埋头读书，到大学里，才站起来瞭望。"

严复曰："非新无以为进，非旧无以为守。"

孔子说得更明白："温故而知新，可以为师矣。"故即是传统，新就是创新。温故就是了解和学习传统，知新就是创造新的事物。

传承和创新谁也离不开谁。

屠呦呦提炼出青蒿素，她的灵感是从中医典籍中来的，但研究的方法和实验的技术是现代的。

苹果手机、苹果电脑，可以说是时尚。乔布斯有段时间一直在钻研书法，研究字母的线条要怎么排列才漂亮。这些东西和计算机没有任何关系。但十年后，在设计第一台苹果电脑时，他把苹果电脑做成了当时世界上文本排版最精致的电脑，就是靠了传统。

金庸的小说，可以说是时尚。金庸读过很多西方小说，他写小说骨架学的是法国作家大仲马，而血肉却饱含着最最醇正的中国文化，全是章回体，叫人欲罢不能。秘诀何在？就在人文经典的融会贯通。

苟日新，日日新，又日新。没有创新，人类必定会停滞、萎缩。但一切创新都是以传承为基础的。

庄子曰："水之积也不厚，则其负大舟也无力；风之积也不厚，则其负大翼也无力。"没有传承的创新，是无源之水，无本之木。

传承与创新，人文与时尚，道通而为一，并行而不悖。并无主从之分，但有先后之序。

譬如建大厦首先必须打基础。

教育的本质是什么？教育的基础是什么？是前人传递下来的文化，是做人的基本原则。教育教育，教育首先是为了育人！

"古之学者为己，今之学者为人"，"行有余力，则以学文"。

教育的目的是为了养成君子，教育是"成己之学"。这是中国教育的一个优良传统。打下做人的基础，发掘内心的良知，这是教育的最基础的东西。而这一切都应该在中小学阶段完成。

童蒙时期，心智未开，缺乏分析判断能力，但记忆力极强，故最要紧的是大量吸收前人的成果，在此基础上发展创新。于是，基本的教育模式应该是：教师为主导，学生为主体，也就是梅贻琦说的大鱼在前面游，小鱼在后面跟。换言之，就是让学生在教师的指导下，自己读书，读书，读书，再读书！

记忆力需要锻炼，经过锻炼的记忆力，可达到惊人的程度。毫无疑问，分析、判断、创造能力，也需要锻炼，但一定是在积累了大量知识的基础上。

这是最古老、最根本的方法，也是最先进、最时尚的方法。授课最主要的形式应该是最朴素的讲授法。

我们当然要重视创新意识的培养，但在基础教育阶段，对创新精神的培养应该是融入和贯穿在传承积累、涵泳为主的学习中的。我们鼓励学生在学习过程中独立思考，进行课外拓展，这都是在培养创新的种子。但切不可为了追逐创新成果。

基础教育阶段要以传承为主，为了将来的运用，并由博返约，在良好的人文素养基础之上，才有能力实现有质量的研究和创造。否则，所谓创新，会陷入空谈。

有的老师把语文切割成各种知识点，把学语文异化为搞懂这些知识点。当年还有人发明了所谓知识树，仿佛学到了这些知识点，就学好了语文。殊不知，所谓的知识点，并不是语文本身，而是帮助学习语文、理解语文的手段，是非语文，是伪语文，甚至是反语文的。

语文的本质，是通过阅读提高阅读能力、表达能力、思考能力，从而积累语文素材，陶冶性灵，培养气质，绝不是掌握几个知识点，熟练答题的技巧。

法国教育家阿兰说过："怎样学语言？向大作家学，别无他途，向最严密、最丰富、最深刻的语句中去学，而不学那会话课本的平庸语句。"大量地阅读，阅读原著，并且记忆之、运用之，正是学语文最快也是最有效的方法。中国语文教学有优良的传统，“熟读唐诗三百首，不会作诗也会吟”“劳于读书，逸于作文”等，这些记忆，在发挥运用思考中得到不断巩固，这是一个良性的循环。在学与思中，用前人思想的财富陶冶充实自己，让自己成为一个完善的人，最终得到一种生命的幸福感。

目录

少 年 读 中 国 文 学 经 典 2
从 宋 词 到 明 清 小 说

一　丰富多彩的宋词

二　含义精深的宋元诗

三　盛极一时的宋元古文

四　异军突起的元曲

五　流派各异的明清诗文

六　日趋成熟的明清戏曲

七　集大成的明清小说

一

丰富多彩的宋词

FENGFU DUOCAI DE SONGCI

诗的每句字数大致相同，而词则错落不齐，因此词也被直观地称为“长短句”，但它的真正名称是“曲子词”，也就是流行歌曲的歌词。先有歌词再谱曲的情况也有，但一般是先有了曲子，再按照曲拍节奏来写歌词，因此写词也叫“填词”。在宋代，填词成为重要的文学创作形式，同一个曲调（词牌）被反复地填入新的歌词，参与填写的不乏当时的一流文人，从而产生了一大批脍炙人口的名作。客观地说，宋词的艺术水平不一定比宋诗和宋代散文要高，但就文学的历史来看，两宋时期以词的繁荣为特征，所以历来就有“唐诗、宋词、元曲”的说法。

和诗相比较，跟音乐相配是词的特点，如果填入的某个字的声调与乐曲的抑扬不相和谐，唱起来可能比较难听。宋代精通音乐的词人大多强调这一点，像李清照就说过，词不是那种句式不整齐的诗。但也有另外一批作家，把词理解为诗体的一种，用来抒发自己的情感，不怎么关心歌唱者的困难。这样，宋词就有了两大派：突破音乐束缚的称为豪放派，强调音乐性的传统一派被叫作婉约派。后者之所以婉约，是因为演唱者绝大多数是歌女，要让她们唱得好，歌词的风格就不能雄壮，内容也以爱情为主，至少不太适合写国家大事。现在宋词的曲调都失传了，只能从内容上去看，对豪放派的评价就相对高一点，但豪放派的词人其实并不多，除苏轼和辛弃疾以外，留下名作的也较少。应该说，宋词的主流还是婉约派。

二十世纪的学者们对宋词做了全面搜集的工作，非常成功，唐圭璋、王学初先生的《全宋词》基本上网罗了传世的宋词。

凤栖梧

柳　永

◎ 题　解

《凤栖梧》是一首怀人之作。词人巧妙地把漂泊在外的落魄感受与对意中人的缠绵情思融合在一起。词的最后两句直抒胸臆，体现出主人公的坚毅和执着，被王国维称为“专作情语而绝妙者”。“凤栖梧”又名“蝶恋花”。

伫倚危楼[①]风细细，望极春愁，黯黯生天际。草色烟光残照里，无言谁会[②]凭栏意。

拟把疏狂[③]图一醉，对酒当歌，强乐[④]还无味。衣带渐宽[⑤]终不悔，为伊消得人憔悴。

【注释】

①危楼：高楼。

②会：理解。

③拟把：打算。疏狂：粗疏狂放，不合时宜。

④强（qiǎng）乐：强颜欢笑。

⑤衣带渐宽：指人日渐消瘦。语出古诗《行行重行行》：“相去日已远，衣带日已缓。”

作者信息

柳永（约 987—约 1053），字耆卿，原名三变，后改名永。因排行第七，又称柳七。建州崇安（今福建武夷山）人。宋仁宗朝进士，后官至屯田员外郎，故世称柳屯田。一生仕途坎坷，过着漂泊不定的游宦生活。他精通音律，擅作慢词，发展了铺叙手法，促进了词的通俗化、口语化，对词的发展起了推动作用。著有《乐章集》。

品鉴

上片写主人公登高望远，离愁之情油然而生。“伫倚危楼”三句，写登楼引起“春愁”，而所谓“春愁”即是“相思”，但却不直接点明，也不说“春愁”潜滋暗长于心间，反说它从遥远的天际生出，足见词人棋高一着。“草色烟光”两句，点染出主人公独自凭栏、望断天涯仍不见伊人的凄凉孤寂之感。

下片写主人公为消解“春愁”，决定痛饮狂歌，“拟把疏狂”三句，写出强颜作欢，可终究“无味”。“衣带渐宽终不悔，为伊消得人憔悴”，则以健笔写柔情，满怀愁绪之所以挥之不去，恰是因为他不仅不想摆脱这个“春愁”，甚而至于心甘情愿为“春愁”所折磨，即使形容憔悴也决不后悔。这两句被王国维借去作为“古今之成大事业、大学问者，必经过三种之境界”中的“第二境”。

望海潮

柳　永

◎ 题　解

《望海潮》是柳永首创的一个词调，词牌与词的内容和地域特点结合得十分紧密。据记载，这首词是柳永呈献给友人——时任两浙转运使的孙何的。钱塘从唐代始便是历史上著名的大城市，到宋代更为繁华。柳永在杭州生活过一个时期，因此他能以生动的笔墨，把杭州城的风光和富庶、老百姓的生活与上层人物的享乐表现得淋漓尽致。据称，金主完颜亮读到“三秋桂子，十里荷花”时，便兴起了“投鞭断流，立马吴山”的南侵野心。

东南形胜[①]，三吴都会[②]，钱塘[③]自古繁华。烟柳画桥，风帘翠幕，参差[④]十万人家。云树绕堤沙，怒涛卷霜雪，天堑[⑤]无涯。市列珠玑，户盈罗绮，竞豪奢。

重湖叠巘[⑥]清嘉，有三秋桂子，十里荷花。羌管弄晴，菱歌泛夜，嬉嬉钓叟莲娃。千骑拥高牙，乘醉听箫鼓，吟赏烟霞。异日图将好景，归去凤池[⑦]夸。

【注释】

①形胜：地理形势特别好的地方。

②三吴：指曾属于吴国的吴兴、吴郡、会稽。都会：人口和货物较为集中的大城市。

③钱塘：今浙江杭州。

④参差：大约。一说，形容房屋高低不齐。

⑤天堑（qiàn）：原意为天然的深沟，此指钱塘江。

⑥重湖：指西湖中的白堤将湖面分成的里湖与外湖。叠巘（yǎn）：指灵隐山、南屏山、慧日峰等重重叠叠的山岭。

⑦凤池：即凤凰池，本是皇帝禁苑中的池沼，魏晋时中书省地近宫禁，因此“凤池”成为对中书省的美称，这里代指朝廷。

品 鉴

上片先概括后具体，层层展开，步步深入。起首三句，大笔浓墨，点出杭州位置的重要和历史的悠久，勾画了钱塘的“形胜”与“繁华”。接着从两方面加以铺写，“烟柳画桥”三句写出都市繁荣，“云树绕堤沙”三句写出钱塘盛景，“市列珠玑”三句以士民竞相追求奢华的生活进一步写出杭州的繁华。

下片紧扣“好景”二字展开笔墨，绘出西湖美景与人们的生活景象。“重湖叠巘清嘉”三句描绘西湖的如画美色，其中“三秋”点出山间桂花飘香之久，“十里”点出湖中养荷空间之广。“羌管弄晴”三句写出普通百姓的游乐，“千骑拥高牙”三句写出州郡长官的游乐。游乐即反映出湖山之美，又是对孙何政绩的肯定。最后两句则把对友人的美好祝愿融注于字里行间。

鹤冲天

柳　永

黄金榜上，偶失龙头望。明代暂遗贤，如何向[1]？未遂风云便，争不恣狂荡[2]。何须论得丧？才子词人，自是白衣卿相。

烟花巷陌，依约丹青屏障。幸有意中人，堪寻访。且恁偎红倚翠，风流事，平生畅。青春都一饷[3]。忍把浮名，换了浅斟低唱！

【注释】

①如何向：即走怎样的人生道路呢？

②“未遂”句：理想落空了，就继续过那种被一般士人所不齿的“烟花巷陌”的生活。

③一饷（xiǎng）：片刻。

品　鉴

这首词直抒胸臆，让人读到柳永性格中的狂傲与不羁。柳永精通琴棋书画和音律，告别家乡来到京城求取功名。他先后参加了四次科举考试。前几次落第之后，他自恃其才，放荡不羁，认为只要自己有才，也一样会被社会承认，要那些虚名有什么用？还不如把它换来喝酒唱歌。他出入于歌馆妓楼，交了许多歌妓朋友，填写被统治阶级轻视的“艳曲”。他的词多反映下层市民生活，描写妇女，尤其是妓女的不幸遭遇，语言生动活泼，在当时流传很广，时人称为“凡有井水处，即能歌柳词”。

天仙子

张 先

◎ 题 解

此词约作于宋仁宗庆历元年（1041），当时五十二岁的张先任秀州通判，他心灵疲惫，百无聊赖，感叹年华易逝，对酣歌妙舞的府会没有兴趣。张先词与柳永齐名，长于慢词，因善用“影”字，如本词中的“云破月来花弄影”，故世称“张三影”。

时为嘉禾小倅[①]，以病眠，不赴府会。

《水调》数声持酒听，午醉醒来愁未醒。送春春去几时回？临晚镜，伤流景[②]，往事后期空记省。

沙上并禽[③]池上暝，云破月来花弄影。重重帘幕密遮灯，风不定，人初静，明日落红应满径。

【注释】

①嘉禾小倅（cuì）：嘉禾，宋时郡名，今浙江嘉兴。小倅，宋代把通判一职称为“倅”。倅，有副职之义。

②流景：逝去的光阴。景，日光。

③并禽：成对的鸟儿。此指鸳鸯。

作者信息

张先（990—1078），字子野，乌程（今浙江湖州）人。宋仁宗天圣八年（1030）进士，官至都官郎中，晚年退居吴兴、杭州一带。著有《张子野词》。

品鉴

本词上片叙事抒怀，写独自品酒听曲，反而更添忧愁，昏昏睡去。苏醒之后，醉意退尽而烦闷未消，叹老伤怀的春恨挥之不去。下片则借景抒情，写暮色来临，小园闲步，水禽双双入眠，词人却形单影孤，正想回去，恰有“云破月来花弄影”，此句实乃神来之笔。风乍起，花随风儿摇曳，月亮在云中穿行。王国维在《人间词话》中有这样的评论：“‘红杏枝头春意闹’，着一‘闹’字而境界全出；‘云破月来花弄影’，着一‘弄’字而境界全出矣。”其实，张先颇为得意的是“影”字，它隐隐约约，若有若无，虚幻空灵，带给人无限遐想。

鹊踏枝

晏　殊

◎ 题解

据《晏殊传》记载，晏殊性格“刚峻”，但此词却像是“妇人语”，体现了“以男子而作闺音”的现象。这首久负盛名的抒写伤离怀远的婉约词，情致柔婉而境界阔远。“鹊踏枝”又名“蝶恋花”。

槛①菊愁烟兰泣露，罗幕轻寒，燕子双飞去。明月不谙离恨苦，斜光②到晓穿朱户。

昨夜西风凋碧树③，独上高楼，望尽天涯路。欲寄彩笺④兼尺素⑤，山长水阔知何处！

【注释】

①槛（jiàn）：栏杆。

②斜光：残月的清光。

③凋碧树：使得树木绿叶枯落。

④彩笺：彩色的信笺。

⑤尺素：书信。

作者信息

晏殊（991—1055），字同叔，抚州临川（今属江西）人。少时便以才著称，以神童召试，赐同进士出身，历任秘书省正字、同平章事、枢密使等职。词承五代，尤擅小令。著有《珠玉词》。

品鉴

词人借菊愁、兰泣、幕寒、燕飞、树凋、路远、山长、水阔等意象，营造出虽凄凉却辽远的气氛，尤其是下片写秋意但不凄苦，抒离情但不哀愁，登高望远，极目天涯，境界开阔，深厚蕴藉，在离愁别恨之作中显出新意。“昨夜西风凋碧树，独上高楼，望尽天涯路”被王国维借用为“古今之成大事业、大学问者”必须经过的三种境界中的“第一境”。

踏莎行

晏 殊

◎ 题 解

作品描写暮春初夏景象，全词除“一场愁梦酒醒时”一句外，其余均为写景，但景中见情，一方面是对暮春初夏富于生命力景象的欣赏与赞叹，另一方面是对已逝春光的留恋与惋惜。词风温婉细腻，含蓄缠绵。

小径红稀[①]，芳郊绿遍，高台树色阴阴见[②]。春风不解禁杨花，濛濛乱扑行人面。

翠叶藏莺，朱帘隔燕[③]，炉香静逐游丝转。一场愁梦酒醒时，斜阳却照深深院。

【注释】

①红稀：花儿稀少。

②阴阴见：暗暗地显露。

③翠叶藏莺，朱帘隔燕：指莺燕都深藏不见。

品鉴

上片写出游时郊外之景，词人为我们勾画出一幅典型的暮春初夏郊野图：“红稀”“绿遍”“树色阴阴见”，表明春天已逝，初夏来临。“春风”句所写“杨花扑面”，用拟人手法暗示再也无法把春挽留。下片写归来后院落之景，“翠叶”两句，承上启下，“炉香”句则渲染出室内的寂静。“一场”两句写暮春傍晚，酒醒梦回，惆怅之情仍难排遣。

踏莎行

欧阳修

◉ 题解

欧阳修在诗文之外还长于填词，词与诗文呈现出迥然不同的面貌，描写的多为离愁别恨、儿女情长，却摒弃了脂粉气，词风“清疏峻洁”。这首词也属此种题材，宋人黄升曾加词题为“相别”，清人金圣叹曾加词题为“寄内”。

候馆[①]梅残，溪桥柳细，草薰风暖摇征辔[②]。离愁渐远渐无穷，迢迢不断如春水。

寸寸柔肠，盈盈粉泪，楼高莫近危[③]栏倚。平芜[④]尽处是春山，行人更在春山外。

【注释】

①候馆：迎候宾客的馆舍。

②征辔（pèi）：行人坐骑的缰绳。

③危：高。

④平芜：平坦的草地。

作者信息

欧阳修（1007—1072），字永叔，号醉翁，晚号六一居士，卒谥文忠，庐陵（今江西吉安）人。北宋政治家、文学家，诗文革新运动领袖，“唐宋八大家”之一。著有《欧阳文忠公集》《六一词》。

品鉴

上片写征人在旅途中的所见所感，仲春二月是最适宜与家人团聚的季节，但征人却只能骑着马儿摇动着缰绳顾盼徐行。下片转换角度，写楼头思妇对征人的思念。他猜想对方此时正满面泪水凭栏远望，可征人已在春山之外，又如何能望见呢？全词境界深远柔婉，体现出一种“迢迢不断如春水”的意境。

玉楼春

欧阳修

⊙ 题解

欧阳修的词有一种“豪宕的意兴”，流露出对人间美好事物的深情，同时又在“豪宕”中体现出悲慨，那是对人世间苦难无常的悲慨。王国维曾以“于豪放之中有沉着之致，所以尤高”来评价此词。

尊前①拟把归期说，未语春容先惨咽。人生自是有情痴，此恨不关风与月。

离歌②且莫翻新阕，一曲能教肠寸结。直须看尽洛城花，始共春风容易别。

【注释】

①尊前：即樽前，此指宴会。

②离歌：指宴会前所演唱的离别的歌曲。

品 鉴

此词中最有影响的词句恐怕当数“人生自是有情痴，此恨不关风与月”这两句，它深切地体现了词人对人生的理解。李煜在《虞美人》中曾发出过这样的感慨：“春花秋月何时了，往事知多少？小楼昨夜又东风，故国不堪回首月明中。”两者恰有异曲同工之妙。那“风与月”和小楼外的“东风”原都是无情之物，不干人事，而一旦由有情之人观之，便“物皆着我之色彩”了，不禁令人肝肠寸断。

桂枝香

王安石

◎ 题 解

王安石首先是政治家，其次才是著名文学家。其散文雄健峭拔，被列入“唐宋八大家”，“一洗五代旧习”。周汝昌对此词评价甚高：“王介甫只此一词，已足千古，其笔力之清遒，其境界之朗肃，两宋名家竟无二手，真不可及也！”据说苏轼对此词也十分钦佩。

登临送目，正故国[1]晚秋，天气初肃。千里澄江似练，翠峰如簇。征帆去棹残阳里，背西风，酒旗斜矗。彩舟云淡，星河[2]鹭起，画图难足。

念往昔，繁华竞逐。叹门外楼头[3]，悲恨相续。千古凭高对此，谩嗟荣辱。六朝旧事随流水，但寒烟衰草凝绿。至今商女，时时犹唱，后庭遗曲[4]。

【注释】

①故国：旧时的都城，此处指南朝旧都金陵。

②星河：指暮色中的长江。

③门外楼头：出于杜牧《台城曲》“门外韩擒虎，楼头张丽华”，前句指敌人已经逼近，后句指陈后主犹恋美色。

④后庭遗曲：陈后主游宴后庭，有《玉树后庭花》之曲，被视为亡国之音。

作者信息

王安石（1021—1086），字介甫，晚号半山，卒谥文，抚州临川（今属江西）人。北宋政治家、思想家、文学家。今存有《王临川集》等。

品鉴

上片写在金陵胜地登高望远之景色。秋色肃杀，远处群山葱葱郁郁，千里长江从金陵城外流经，夕阳之下，江面上征帆片片，西风起处，酒楼青旗迎风飘扬，此等美景“画图难足”啊！

下片则另起笔墨，大发怀古警今之议论。词人所发并非个人恩怨，乃是亡国之恨。千古以来，文人墨客到此凭吊，多是兴叹朝代更替，没有从中引出教训，如今六朝旧事已随滚滚长江而去，只留下几处衰草摇曳在秋风中。“至今”三句借题发挥，意谓六朝已远，但其遗曲至今时时可闻，这是对北宋朝廷的无情棒喝！

江城子·乙卯[1]正月二十日夜记梦

苏轼

◎ 题解

苏轼十九岁时与十六岁的王弗结为夫妻，婚后两人恩爱有加，琴瑟和谐。可惜王弗活到二十七岁就亡故了，这对苏轼无疑是个极大的打击。乙卯年，苏轼来到密州，正月二十日夜里，他做梦梦见王弗，恰逢王弗去世十年，便写下了这首令后人传诵不衰的悼亡词。

十年生死两茫茫，不思量，自难忘。千里孤坟，无处话凄凉。纵使相逢应不识，尘满面，鬓如霜。

夜来幽梦忽还乡，小轩窗[2]，正梳妆。相顾无言，唯有泪千行。料得年年肠断处，明月夜，短松冈。

【注释】

①乙卯（mǎo）：指熙宁八年（1075）。

②小轩窗：指小房的窗下。

作者信息

苏轼（1037—1101），字子瞻，号东坡居士，眉州眉山（今属四川）人。北宋文学家、书画家，词开豪放一派，对后代很有影响，散文著述宏富，为“唐宋八大家”之一，与父苏洵、弟苏辙合称“三苏”。

品鉴

词人以虚实相衬的手法抒写出深切的思念之情，全词情调凄凉哀婉，可谓字字血泪。十年的生死相隔非但没有抹去词人对亡妻的感情，反而让心中的思念变得更为浓烈，再加上自己仕途生涯的不顺，这份忆念便“不思量，自难忘”了。词题指出本篇的题旨为“记梦”，下片着力进行了描写。在迷离恍惚的梦境中，词人仿佛回到了故乡，在小房的窗下，他分明看到了妻子梳妆的倩影。两人十年分别，一朝再逢，那说不尽道不完的思念霎时间化成了滚滚热泪。

这是一首不可多得的悼亡词。若有兴趣，还可找来潘岳的《悼亡诗》、元稹的《遣悲怀》等作品一读，比较它们的相异之处。

临江仙

苏　轼

◎ 题解

本词是词人被贬黄州时所作。苏轼被贬黄州后住在临皋亭，面对长江。他在屋旁开辟出一片荒地，名之曰“东坡”，在朋友马正卿的帮助下又筑了五间屋，名之曰“雪堂”。这首词就写了词人与朋友夜饮雪堂，醉归临皋的情景。

夜饮东坡醒复醉，归来仿佛三更。家童鼻息已雷鸣。敲门都不应，倚杖听江声。

长恨此身非我有，何时忘却营营[①]？夜阑风静縠纹[②]平。小舟从此逝，江海寄余生。

【注释】

①营营：此指为利禄钻营。

②縠（hú）纹：比喻水波细纹。

品鉴

“何以解忧，唯有杜康。”酒历来是文人消愁解忧之物，对苏轼来说也不例外。这首词上片主要渲染其醉态，他醉后睡下，醒后又继续喝，直到酩酊大醉。归来时“仿佛”三更，醉中谁又能分辨得清是“仿佛”，还是确定。家童早已酣然睡去，他便手拄拐杖，去江边静听长江奔流之声。面对浩荡奔腾的长江，他的内心不禁波澜起伏：“长恨此身非我有，何时忘却营营？”什么时候才能忘却功名利禄，不再奔走于名利场中？在遭受“乌台诗案”的不幸后，苏轼向道家思想寻求超脱的良方。夜色渐浓，江风消停，他设想驾着小舟悄然隐逸，以度余生。

蝶恋花

苏　轼

◎ 题　解

苏轼是豪放派的代表词人，他的《念奴娇·赤壁怀古》《江城子·密州出猎》等气势磅礴、格调雄浑，但本词却清新婉约，描摹暮春景色，传出伤春情绪，展示了苏轼词风的另一面。

花褪残红青杏小。燕子飞时，绿水人家绕。枝上柳绵吹又少，天涯何处无芳草[①]！

墙里秋千墙外道。墙外行人，墙里佳人笑。笑渐不闻声渐悄，多情却被无情恼。

【注释】

①“天涯”句：指天涯到处都长满了茂盛的芳草。

品 鉴

景、情、理在这首词中结合得十分紧密，称得上天衣无缝。花残、杏小、燕飞、水绕、柳绵、芳草，词人笔下的景物既有静态，也有动态，不言“春”而春自在其中。面对残红褪尽、絮飞花落，词人感叹韶光易逝，却又表现出“天涯何处无芳草”的旷达，此句也被后世所广泛传诵，而结尾的“多情却被无情恼”一句同样为后人所称道。佳人荡秋千，欢笑声不绝，行人自多情，烦恼便顿生，词人宦海沉浮的感慨已在字里行间自然流露，渗透在其中的人生哲理也值得我们细细品味。

水龙吟·次韵[1]章质夫杨花词[2]

苏　轼

◎ 题解

这首咏物词，当作于苏轼被贬黄州时期。其间，诗人的好友章质夫有咏杨花词《水龙吟》一首，盛传一时，诗人因依原韵和了这首词寄去，并嘱“不以示人”。全篇层层铺叙，句句都是寄托之笔，且把杨花、思妇、“我”，这三种本来毫不相干的形象加工锤炼成一个三位一体的全新的艺术形象。

似花还似非花，也无人惜从教坠。抛家傍路，思量却是，无情有思[3]。萦[4]损柔肠，困酣娇眼，欲开还闭。梦随风万里，寻郎去处，又还被莺呼起。

不恨此花飞尽，恨西园落红难缀[5]。晓来雨过，遗踪何在？一池萍碎。春色三分，二分尘土，一分流水。细看来，不是杨花，点点是离人泪。

【注释】

①次韵：指依照别人作诗所用韵脚的次第来和诗。

②杨花词：章质夫咏杨花的名作。杨花，指柳絮。

③有思：有情意。杜甫《白丝行》："落絮游丝亦有情。"

④萦：缠绕。

⑤缀：连缀。

品 鉴

斯人远去，杨花纷飞，似花非花，便如那美丽少妇的幽怨。丽人伫立庭院，痴望那即将消逝在庭院围墙内的随风飘舞的杨花，可是也要尾随它而去？愁思起，柔肠转，浅唱低吟。泪眼问花花不语，为谁落，为谁开？惜花人何在？

后人评说苏轼之词豪放旷达，须"关西大汉，执铁绰板"而歌，然而这首直追风流才子柳永的绝妙好词，却极为精致细腻，其境界更是空灵婉约，幽怨缠绵，精妙绝伦。

西江月·梅花

苏轼

◉ 题解

此词据《耆旧续闻》《野客丛书》记载，乃苏轼为悼念死于岭外的侍妾朝云而作。词中所写岭外梅花玉骨冰姿，素面唇红，高情逐云，不与梨花同梦，自有一种风情幽致。

玉骨那愁瘴雾①，冰姿自有仙风。海仙时遣探芳丛，倒挂绿毛②幺凤③。

素面翻嫌粉涴④，洗妆不褪唇红。高情已逐晓云空，不与梨花同梦⑤。

【注释】

①瘴雾：南方山林中的湿热之气。

②绿毛：似鹦鹉但更小的珍禽。

③幺凤：鸟名，即桐花凤。

④涴（wò）：沾污。

⑤“不与”句：苏轼自注：“诗人王昌龄，梦中作梅花诗。”

品 鉴

梅花历来以其优雅的姿容、高贵的品性成为众多词人吟咏的对象。在这首咏梅词中，梅花仿佛化身为一位清丽秀雅的佳人，拥有冰雪般的身姿、仙子般的风韵，不施粉黛，素面唇红。它历尽风霜苦寒，质本洁来还洁去，在春天到来之前便消逝长空，终不与梨花同梦，其洁净孤高之品性可见一斑。东坡在此词中以气质高雅之梅花比喻超尘脱俗之佳人，寄托了无限追忆与情思。此词也因其空灵蕴藉之意境，被《词品》的作者杨慎誉为“古今梅词，以东坡此首为第一”。

临江仙

晏幾道

题解

词人有许多作品表现对歌女色艺的赞美，常常流露出爱慕之意，这首词即为歌女小蘋所作，表达了对她的相思之情。

梦后楼台高锁，酒醒帘幕低垂。去年春恨[①]却来[②]时。落花人独立，微雨燕双飞。

记得小蘋[③]初见，两重心字罗衣。琵琶弦上说相思。当时明月在，曾照彩云[④]归。

【注释】

①春恨：春日离别的情思。

②却来：又来。

③小蘋：歌女的名字。

④彩云：这里指小蘋。

作者信息

晏幾道（1038—1110），字叔原，号小山，抚州临川（今属江西）人，晏殊第七子。词与其父齐名，世称“二晏”。他的词精雕细琢、用色浓艳，多为爱情、离别之作，真挚而感伤。著有《小山词》。

品 鉴

这是一首怀人感旧之作，属于《小山词》中最常见的题材。上片抒写对小蘋的深切思念，下片叙写初见小蘋的情景。词人把对歌女小蘋缠绵的相思之情，以及对人世沧桑的感慨，全都寓于暮春的景物描绘之中，含蓄蕴藉，深婉沉着，真挚感人。

整首词当属“落花人独立，微雨燕双飞”两句最为有名。春去花落，细雨霏霏，燕子双飞，人却独立。“落花”是春天逝去的标志，令人油然而生伤春之情。更妙的在于以燕子双飞反衬愁人独立，绵长的春恨可见一斑。

鹧鸪天

晏幾道

题解

词人在宴会上遇到一位美丽的歌女，被她优美的歌声所陶醉，再加上边听歌边饮酒，醉意越来越浓，以至深夜回家后，又在梦中与她相会。

小令尊前①见玉箫②，银灯一曲太妖娆。歌中醉倒谁能恨？唱罢归来酒未消。

春悄悄，夜迢迢，碧云天共楚宫③遥。梦魂惯得无拘检，又踏杨花过谢桥④。

【注释】

①尊前：指酒筵。

②玉箫：指歌女。

③楚宫：楚王之行宫，指巫山神女之事，词中指歌女居住的地方。

④谢桥：通往唐代名伎谢秋娘家的桥，词中指歌女居住的地方。

品鉴

词人把春夜怀人之意写得摇曳多姿。初见歌女，词人就为她所倾倒，“太妖娆”三字是极好的注脚。“歌中醉倒谁能恨”让人联想到柳永的“衣带渐宽终不悔”。此时此刻，词人并非为酒所醉，而是为歌女所醉，他已对歌女产生了绵绵情意。漫漫春夜，与歌女分别后的词人深感内心的寂寥，歌女深居“楚宫”，如何才能相见？只能付诸梦境了。“梦魂惯得无拘检，又踏杨花过谢桥”，这两句意味尤其深远。

鹊桥仙

秦　观

⊙ 题　解

《鹊桥仙》原是为歌咏牛郎织女的爱情故事而创作的乐曲。这首词所写也正是这个题材。在古代作品中，有很多题咏牛郎织女的作品，但大多哀婉凄凉，而本词却别开生面。

纤云弄巧[①]，飞星传恨，银汉迢迢暗度。金风玉露[②]一相逢，便胜却人间无数。

柔情似水，佳期如梦，忍顾[③]鹊桥归路。两情若是久长时，又岂在朝朝暮暮。

【注释】

①纤云弄巧：指云彩变化多端，呈现出许多花样。

②金风：秋风。秋天在五行中属金。玉露：秋露。这句指七夕相会。

③忍顾：怎么忍心回头看。

作者信息

秦观（1049—1100），字少游，一字太虚，号淮海居士，别号邗沟居士，扬州高邮（今属江苏）人。“苏门四学士”之一，以词闻名，词风婉约纤细、柔媚清丽，是婉约派的代表词人之一。有《淮海集》《淮海居士长短句》。

品　鉴

“河汉清且浅，相去复几许？盈盈一水间，脉脉不得语”是《古诗十九首·迢迢牵牛星》中的名句；“天阶夜色凉如水，坐看牵牛织女星”是杜牧《秋夕》中的名句；而本词中最有影响的是“两情若是久长时，又岂在朝朝暮暮”这两句。正是这两句，使本词立意高远，被后人吟咏不绝。只要两情相悦、真心相爱，又何尝要如胶似漆、朝夕厮守呢？这种感情，令整首词升华到一个高远的美学境界，同时又蕴涵了深刻的人生哲理。

踏莎行

秦　观

◉ 题　解

这首词作于宋哲宗绍圣四年（1097）春。由于新旧党争，秦观因旧党的关系先被贬为杭州通判，再被贬为监处州酒税，后又被人罗织罪名，削去了所有的官职，流徙郴州。

雾失楼台，月迷津渡①，桃源望断无寻处。可堪②孤馆闭春寒，杜鹃声里斜阳暮。

驿寄梅花③，鱼传尺素④，砌成此恨无重数。郴⑤江幸自⑥绕郴山，为谁流下潇湘去？

【注释】

①津渡：渡口。

②可堪：哪堪。哪里能够承受。

③驿寄梅花：引用陆凯寄赠范晔的诗："折花逢驿使，寄与陇头人。江南无所有，聊赠一枝春。"作者以远离故乡的范晔自比，表示收到了远方友人的问候。

④鱼传尺素：指传递书信。东汉蔡邕《饮马长城窟行》中有"客从远方来，遗我双鲤鱼。呼儿烹鲤鱼，中有尺素书"句。

⑤郴（chēn）：郴州，今属湖南。

⑥幸自：本自，原来应当。

品 鉴

全词句句精妙，而最为人称道的为上下两片的后两句。王国维特别赞赏，认为上片这两句是“有我之境”，在景物描写上充满了词人的感情色彩，情与景的结合极为自然。的确，在孤馆、春寒、鹃啼、斜阳的背景中，我们读到的是游子的感伤、被贬之人的凄苦。

而苏轼最为赞赏的是“郴江幸自绕郴山，为谁流下潇湘去”。是啊，本来郴水应该是依傍着郴山的，为何流入湘江呢？从这里，你是否读出了词人的怀乡之心？他本想为朝廷大干一场，谁料竟会卷入政治旋涡而成为放臣逐客呢？此种感慨引起和他同升并黜的苏轼的共鸣也就不足为怪了。

浣溪沙

秦　观

◎ 题　解

人称“秦少游词体制淡雅，气骨不衰，清丽中不断意脉，咀嚼无滓，久而知味”。这首小令构思精巧、意境优美，充分体现了秦观词的特色，让人体味到一种淡淡的忧伤。

漠漠①轻寒②上小楼，晓阴无赖③似穷秋④。淡烟流水画屏幽。

自在飞花轻似梦，无边丝雨细如愁。宝帘闲挂小银钩。

【注释】

①漠漠：弥漫的样子。

②轻寒：薄薄的春寒。

③无赖：无可奈何，词人厌恶之语。

④穷秋：晚秋，秋天走到了尽头。

品 鉴

词人以轻淡的笔墨刻画人物的内心情绪，通过具体可感的艺术形象，把那股淡淡的哀怨不着痕迹地流露出来，那漠漠轻寒中袅袅上升的是主人公那无法言说的寂寞与闲愁。

“自在飞花轻似梦，无边丝雨细如愁”这两句尤妙，比喻新颖而恰当。“飞花”之“轻”似“梦”，“丝雨”之“细”如“愁”。更妙的在于其一反常式，以抽象的情感来喻具体的物象，不是梦似飞花，而是飞花似梦，不是愁如细雨，而是细雨如愁。透过词句，你不难品出浓厚的诗意和清幽的画境。

体现“愁”情的作品在中国诗词中极为常见，如“问君能有几多愁，恰似一江春水向东流”，如“只恐双溪舴艋舟，载不动许多愁”等，你不妨再找出几句，好好品味。

望海潮

秦观

◉ 题解

此词在结构上打破了上下片的分界，随感情发展的需要，一气呵成。以今昔之殊，抒盛衰之感。全词以写景为主，只从“东风暗换年华”“重来是事堪嗟”二句透露身世之悲，体现秦词之和婉风格。

梅英疏淡，冰澌①溶泄，东风暗换年华。金谷②俊游，铜驼③巷陌，新晴细履平沙。长记误随车。正絮翻蝶舞，芳思交加。柳下桃蹊，乱分春色到人家。

西园④夜饮鸣笳。有华灯碍月，飞盖妨花。兰苑未空，行人渐老，重来是事⑤堪嗟。烟暝酒旗斜。但倚楼极目，时见栖鸦。无奈归心，暗随流水到天涯。

【注释】

①冰澌：冰块。

②金谷：金谷园，在洛阳城西北，晋石崇所建，常在其中宴饮宾客。

③铜驼：铜铸的骆驼。古洛阳宫门前四会道口置二铜驼，夹路相对，

后遂称铜驼街。

④西园：洛阳名园。汴京也有西园，此借指汴京的名园。

⑤是事：事事，凡事。

品 鉴

“东风暗换年华”“行人渐老，重来是事堪嗟”，寥寥几笔，便委婉地道尽词人才华被人所赏识，而在政治上由于党派失利而遭到贬谪后的感伤。从上片的“疏”“淡”“暗”“细”“乱”和下片的“夜”“碍”“妨”“渐”“斜”“暗”这些用字中可窥见秦词委婉含蓄、清丽淡雅的风格，读之如饮龙井，滋味淡雅却又在心间隽永不褪。比如，词人用一句“东风暗换年华”，表面上写眼前自然界景物之变化，实则一语双关，把一个失势党人的无奈无力心态刻画得入木三分。东风吹，春意浓，白絮飞，蝴蝶舞，本来应该正是才华横溢的词人大展抱负的时候，可惜春好却不愿到这失势渐老的人家，令人感慨无穷。

满庭芳

秦观

◉ 题解

据说此词作于会稽（浙江绍兴），词人当时三十岁。《苕溪渔隐丛话》引《艺苑雌黄》云："程公辟守会稽，少游客焉，馆之蓬莱阁。一日，席上有所悦，自尔眷眷，不能忘情，因赋长短句，所谓'多少蓬莱旧事，空回首、烟霭纷纷'是也。"此说与本篇内容相合，当属可信。上片写离情，回忆往昔，不胜惆怅；下片写临别赠物留念，并托疚意。

山抹微云，天连衰草，画角声断谯门①。暂停征棹②，聊共引③离尊④。多少蓬莱旧事，空回首、烟霭纷纷。斜阳外，寒鸦万点，流水绕孤村。

销魂⑤。当此际，香囊暗解，罗带轻分。谩赢得、青楼薄幸⑥名存。此去何时见也？襟袖上、空惹啼痕。伤情处，高城望断⑦，灯火已黄昏。

【注释】

①谯门：谯楼，城上的高楼。

②棹：船桨。

③引：持、举。

④尊：酒器。

⑤销魂：极度伤心貌。

⑥薄幸：薄情。杜牧有句云："十年一觉扬州梦，赢得青楼薄幸名。"

⑦望断：从远望的视线中消逝。

品 鉴

词人轻轻一点，巧妙地将伤怀人眼中的自然景物也染上了淡淡的哀愁。那远处似乎要被云雾遮住的群山、暮冬衰草连天的气象，以及城楼处传来的断断续续的号角声，莫不暗示着词人与知己作别时的痛苦与迷茫。而"斜阳外，寒鸦万点，流水绕孤村"一句更是将一腔悲情化为凄美孤寂之景，成为千古绝唱。词人既知离别在即，轻舟上举酒无言，今朝离别不知何时再遇？一时间悲从中来，泪湿青衫，两两相望，竟不见满城灯火。全词字字凄婉，可谓"满纸凄凉色，一派伤别情"。

千秋岁

秦　观

题解

关于此词作年，各书记载不一。汲古阁本《淮海词》谓此词当为秦观贬谪处州时作，较为可信。上片即景抒情，写遭贬谪流离失所的无限愁思；下片忆昔伤今，表现对往昔生活的眷恋和对前途绝望的痛心。

水边沙外，城郭春寒退。花影乱，莺声碎。飘零疏酒盏，离别宽衣带。人不见，碧云暮合空相对。

忆昔西池会，鹓鹭①同飞盖。携手处，今谁在？日边清梦断，镜里朱颜改。春去也，飞红万点愁如海。

【注释】

①鹓（yuān）鹭：古代常以鹓鹭喻百官。这里指好友如云，宾朋群集。

品 鉴

本词是一篇交织着政治失意、身世飘零之叹的感时伤怀之作。开篇以“春寒退”起，写暮春三月寒意渐退，然而词人却孑然一身飘零在异地他乡，惆怅满怀。周边四时景物的变换令他抚今追昔，忆起昔日西池宴游的情景。“鹓鹭同飞盖”一句极为形象地写出了当时的盛况。然而如今梦想破灭，那番荣华早已不再，自己的容颜也日渐衰老。结尾以“春去也，飞红万点愁如海”合，不仅首尾呼应，更暗示了人生的春天已然逝去。其中“飞红万点愁如海”一句以海之深广，极言愁绪之多且深，成为抒写愁思的名句。

踏莎行

贺　铸

◉ 题　解

前人谓贺铸“戏为长短句，皆雍容妙丽，极幽闲思怨之情”，这首咏物词也体现出这个特点，并把咏物、拟人和自寓三者融为一体。

杨柳回塘[①]，鸳鸯别浦[②]。绿萍涨断莲舟路。断无蜂蝶慕幽香，红衣[③]脱尽芳心[④]苦。

返照迎潮，行云带雨。依依似与骚人[⑤]语。当年不肯嫁春风[⑥]，无端却被秋风误。

【注释】

①回塘：曲折回环的水塘。

②别浦：水流的汊口。

③红衣：指红色的荷花瓣。

④芳心：指莲心。

⑤骚人：诗人。

⑥“当年”句：语出韩偓《寄恨》诗“莲花不肯嫁春风”，显示出莲花不愿趋时附俗的个性。

作者信息

贺铸（1052—1125），字方回，号庆湖遗老，卫州共城（今河南辉县）人。曾任泗州、太平州通判，晚年退居苏州。以词著称，其词善于锤炼字句，兼有婉约豪放之风。

品鉴

咏荷的诗词在古代作品中司空见惯，这首词自有其独到之处。词人将荷花比作一位高雅、圣洁、贞静却又寂寞的女子，而暗中又以荷花来自比。篇幅虽短，却佳句迭出。“红衣脱尽芳心苦”一句，以拟人手法，借荷花褪尽红色花瓣，只剩下莲子苦味，来烘托人物内心芳华落尽的悲苦与寂寞。“依依似与骚人语”一句，仍将荷花暗比美人，点出在寂寞之外，毕竟仍有知音听其诉衷肠。“当年不肯嫁春风，无端却被秋风误”两句，既体现出词人遗世独立的高蹈情怀，也隐含了对年华飘零的悲哀。

青玉案

贺　铸

◎ 题　解

本词为词人晚年退居苏州时所作。他在城外十里处横塘有一住所，常往来其间，某天路遇一位女子，顿生倾慕之情与无限感慨，遂提笔写下此词。谁料此词问世以后，竞相传唱，成为历代传诵的佳篇。

凌波①不过横塘路，但目送、芳尘去。锦瑟华年②谁与度？月台花榭，琐窗朱户，只有春知处。

碧云冉冉蘅皋③暮，彩笔④新题断肠句。试问闲愁都几许？一川⑤烟草，满城风絮，梅子黄时雨。

【注释】

①凌波：形容女子步态轻盈。

②锦瑟华年：指青春时期。

③蘅皋：长着香草的沼泽中的高地。

④彩笔：比喻写作才华。

⑤一川：遍地。

品 鉴

这首词的题材本不新奇，但写来意味深长、优美动人，词人也因最后几句而博得“贺梅子”之美称。“试问闲愁都几许？一川烟草，满城风絮，梅子黄时雨。”刘熙载在《艺概》中指出：“其末句好处全在‘试问’呼起，及与上‘一川’两句并用耳。”确实，此处的一问三答构成了一个完整的不可分割的整体，而草、絮、雨三答又是叠答，满地的烟草、满城的风絮、满天的梅雨，这愁情恨绪哪里是笔端可以倾尽的呢！

瑞龙吟

周邦彦

◎ 题解

这首词是周邦彦的代表作，宋哲宗绍圣四年（1097）春，周邦彦出任外官期满后，回到京师，旧地重游，追怀往事，思念并寻找当年爱恋过的一个歌伎，由此引发了无限的感触。

章台路，还见褪粉梅梢，试花桃树[①]。愔愔[②]坊陌人家，定巢燕子，归来旧处。

黯凝伫，因念个人[③]痴小，乍窥门户。侵晨浅约宫黄[④]，障风映袖，盈盈笑语。

前度刘郎重到，访邻寻里，同时歌舞。惟有旧家秋娘[⑤]，声价如故。吟笺赋笔，犹记燕台句。知谁伴，名园露饮[⑥]，东城闲步？事与孤鸿去。探春尽是，伤离意绪。官柳[⑦]低金缕。归骑晚，纤纤池塘飞雨。断肠院落，一帘风絮。

【注释】

①试花桃树：桃树刚刚开花。

②愔（yīn）愔：安静貌。

③个人：那人。

④浅约宫黄：淡施脂粉。宫黄，宫人用于涂眉的黄粉。

⑤秋娘：杜秋娘，唐金陵歌伎。这里泛指歌伎舞女。

⑥露饮：在露天饮酒。

⑦官柳：大道旁的柳树。

作者信息

周邦彦（1056—1121），字美成，号清真居士，钱塘（今浙江杭州）人。他精通音律，能自度曲，词律细密，在大晟府审古乐、制新调，对词乐的提高和发展有一定贡献。词风浑厚和雅，富艳精工，极铺陈之能事，为北宋婉约词之集大成者，在词史上有深远影响。词集名《清真集》，又称《片玉词》。

品鉴

这首词融抒情、写景、叙事、怀人于一体，被视为周词的压卷之作。词中的那位坊陌人家的娇小女子是词人昔日爱恋的歌伎，词中对她外貌的描绘极为传神："浅约宫黄""障风映袖""盈盈笑语"，传达出的是少女化着淡妆，倚着门户向外偷看时，因春寒料峭、晓风多厉，而不得不以袖遮面的可爱情态。词人寥寥数笔，便勾勒出一位天真烂漫的少女形象，惹人怜爱。然而这些都只是词人的回忆，如今他故地重游，而斯人已去，一切旧情，都随孤鸿远远飞离，正是"桃花依旧笑春风"，而"人面不知何处去"。

兰陵王

周邦彦

◎题解

这首词是周邦彦写自己离开京华时的心情。梁启超曾经评论本词“绮丽中带悲壮”。“绮丽”者，妩媚艳美也——言情写艳，既可诉儿女私情、离别相思，又可表身世悲欢、羁旅离愁。词人曾经偎红倚绿，多情公子的离别忧伤、难舍难分之情是绮丽的，词人营造的伤感凄美的意境也属绮丽。然而本词“柔不显弱，丽不伤雅”，更难能可贵的是在花前月下的婉约中显出了一派别样的气氛。

柳阴直，烟里丝丝弄碧。隋堤[①]上，曾见几番，拂水飘绵送行色。登临望故国，谁识京华倦客？长亭路，年去岁来，应折柔条过千尺。

闲寻旧踪迹，又酒趁哀弦，灯照离席[②]。梨花榆火[③]催寒食。愁一箭风快，半篙波暖，回头迢递便数驿[④]，望人在天北。

凄恻，恨堆积！渐别浦萦回，津堠[⑤]岑寂，斜阳冉冉春无极。念月榭携手，露桥闻笛。沉思前事，似梦里，泪暗滴。

【注释】

①隋堤：隋炀帝在汴京一带开通济渠，沿渠两岸筑堤，后人称为隋堤。

②离席：饯别的筵席。

③榆火：寒食例禁火。唐时朝廷于清明日取榆柳之火以赐百官。

④数驿：几个驿站的航程。

⑤津堠（hòu）：渡口上供瞭望用的土堡。

品 鉴

“柳”者，“留”也，“柳”和“留”是谐音，因而古人折柳相赠，以表惜别之情。古人所处的环境与条件，使离别后的重逢成为十分不易的事情，生离如同死别，人们不得不承受空间阻隔的痛苦，承受与亲人故土告别的感情折磨。这一切，都使别离蒙上一层悲切、忧伤、痛苦、迷茫的色彩。

本词写柳，内容亦为伤别，抒发了伤离别恨之情和身世飘零的喟叹，意境极为凄美感伤。风烟弥漫，绿柳茫茫，在长堤上一直延伸到望不尽的远方。词人身为游子浪迹京华，却早已困倦不堪、疲惫思归。乘船离别，竹篙撑起，转眼便过了无数的驿站，而那位佳人已与词人相隔迢迢千里。词人心中只留一片迷茫怅惘，细想当初恩爱深情，宛若隔世遗梦，不禁悲从中来，潸然泪下。

少年游

周邦彦

题解

这是一首描写恋情的词作。上片，烘托室内气氛，渲染室内的安恬静谧、纯净闲适。下片，头三字直贯篇终，极写对恋人温存体贴和婉言劝留。

并刀[①]如水，吴盐[②]胜雪，纤指破新橙。锦幄初温，兽烟[③]不断，相对坐调笙。

低声问：向谁行宿？城上已三更。马滑霜浓，不如休去，直是少人行！

【注释】

①并刀：并州产的刀剪，特别锋利。杜甫有句云："焉得并州快剪刀。"

②吴盐：吴地产的盐，是为上乘。李白有句云："吴盐如花皎白雪。"

③兽烟：兽形香炉中透出的烟。

品鉴

词人抓住了几个生活细节进行描绘，在寻常琐事之中寄寓深情：一是“纤指破新橙”，写的是女子破开新橙与情人共享，细腻温馨；二是“相对坐调笙”，颇有“未成曲调先有情”之感，情意绵长；三是“低声问”，含蓄委婉，表现情人之间的爱恋与体贴。其中“马滑霜浓”四字尤为后人所称道，清代谭献认为正是这四字使得这首词体现了“丽极而清，清极而婉”的特点。

一剪梅

李清照

◎ 题解

这首词，是李清照早期为思念初婚不久离家远行的丈夫赵明诚而作的一首抒情小令。它抒发了夫妇各居一方的相思之苦，集中表达了词人对丈夫的一片深情，感情真挚而深沉，格调高雅而清新，是李清照早期的代表作品之一。

红藕香残玉簟[①]秋。轻解罗裳，独上兰舟。云中谁寄锦书来？雁字[②]回时，月满西楼。

花自飘零水自流，一种相思，两处闲愁。此情无计可消除，才下眉头，却上心头。

【注释】

①玉簟（diàn）：光滑如玉的竹席子。

②雁字：指雁群飞时排成“一”或“人”字形。相传雁能传书。

作者信息

李清照（1084—约 1155），号易安居士，齐州章丘（今山东章丘西北）

人，是诗、词、散文皆有成就的宋代女作家，但她最擅长的、成就最高的还是词。

李清照经历了南北分裂之乱，在南渡前后，她的词风变化很大。南渡前，李清照的词多描写少女、少妇的闺中生活，如《如梦令》《怨王孙》两首词，于轻快活泼的画面中见词人开朗欢乐的心情和轻松悠闲的生活。南渡后，生活的苦难使她的词风趋于含蓄深沉。

品 鉴

这是一首抒写离别之思的作品。相传李清照作此词时新婚未久，正沉浸在幸福美满的爱情生活之中。但是丈夫赵明诚离家远游，她只能把满腔深情寄寓在这首幽美而工巧的词作之中。

整首词意境清净幽然。在明月自满的夜晚，词人独上西楼，仰望云中，看见归来的大雁，心中涌起无限的遐想。词中充盈着浓得化不开的相思之情，可见双方情爱甚笃。其中最后三句最为世人所称道，正因两人相隔天涯，词人心中笼罩一层深深的愁绪，此情当然难以排遣，只能是“才下眉头，却上心头”了。

醉花阴

李清照

◎ 题解

这是李清照写给丈夫赵明诚的一首著名的重阳词。

薄雾浓云愁永昼，瑞脑[1]消金兽[2]。佳节又重阳，玉枕纱橱[3]，半夜凉初透。

东篱把酒黄昏后，有暗香盈袖。莫道不销魂，帘卷西风，人比黄花瘦。

【注释】

①瑞脑：龙脑香。

②金兽：兽形铜香炉。

③纱橱：有纱帐的小床。

品 鉴

重阳节是古人非常重视的一个节日，在这一天，全家人一起登高，插茱萸、赏菊、饮菊花酒，十分热闹。本词一开始就写到了重阳节这天从早到晚都是“薄雾浓云”，为全词定下了“愁”的基调。在这样一个阖家欢聚的日子里，由于丈夫的远游，女词人内心流露出的尽是愁闷和凄凉之感。她勉强打起精神，一边赏菊，一边饮酒。瑟瑟西风袭来，瘦菊依旧傲然挺立，然而现实中的人却要承受悲秋伤别之苦。末句“人比黄花瘦”以黄花之傲风比人之清瘦，形象之极，成为流传千古的名句。

永遇乐

李清照

◎ 题解

这是李清照后期词作之中颇负盛名的一首。由于南渡之后遭遇的一系列变故，李清照的后期作品中流露出深沉的亡国之痛、故国之思，更富有社会意义。据说南宋末年爱国词人刘辰翁读了这首词后“为之涕下”，并按照它的调子填了一首具有强烈爱国情调的词，足见这首词感人之深。

落日熔金[①]，暮云合璧[②]，人在何处。染柳烟浓，吹梅笛怨[③]，春意知几许。元宵佳节，融和天气，次第[④]岂无风雨。来相召、香车宝马，谢他酒朋诗侣。

中州[⑤]盛日，闺门多暇，记得偏重三五[⑥]。铺翠冠儿[⑦]，捻金雪柳[⑧]，簇带[⑨]争济楚。如今憔悴，风鬟霜鬓，怕见夜间出去。不如向、帘儿底下，听人笑语。

【注释】

①落日熔金：落日的颜色好像熔化的黄金。

②合璧：像璧玉一样合成一块。

③吹梅笛怨：指笛子吹出《梅花落》乐曲幽怨的声音。

④次第：接着，转眼。

⑤中州：这里指北宋都城汴京。

⑥三五：指元宵节。

⑦铺翠冠儿：饰有翠羽的女式帽子。

⑧捻金雪柳：元宵节女子头上的装饰。

⑨簇带：装扮之意。

品 鉴

北宋灭亡之后，李清照和赵明诚避难江南，赵不久之后便死去，只留下李清照一人过着颠沛流离的生活。这首词写的就是一个人的元宵节。在这样的一个良辰吉日里，周围的一切是那样的热闹非凡，然而词人却流落异乡，离群索居，无比凄凉孤苦，早已失去了赏灯玩月的心情。现实环境与词人的内心形成了强烈的反差。想到从前太平盛世，偕同闺中好友盛装出游的情景，再看看现在憔悴不堪、日渐苍老的自己，更觉伤感孤寂。整首词流露出对过往岁月的怀念与追忆，但更多的是感时伤怀之情。

声 声 慢

李清照

◎ 题 解

慢，即慢词、慢曲，为词的长调。这首词是李清照晚年所作，词的意境由早期的清丽明快变成了灰冷凝重。词中抒写了她孤苦凄凉的生活境况和极度痛苦的精神世界，是李清照这一时期内心活动的真实写照，也从侧面曲折地反映了那个时代的苦难。

寻寻觅觅，冷冷清清，凄凄惨惨戚戚。乍暖还寒时候，最难将息①。三杯两盏淡酒，怎敌他、晚来风急？雁过也，正伤心，却是旧时相识。

满地黄花堆积，憔悴损，如今有谁堪摘？守着窗儿，独自怎生②得黑？梧桐更兼细雨，到黄昏、点点滴滴。这次第③，怎一个愁字了得！

【注释】

①将息：将养休息。

②怎生：怎样，怎么。

③这次第：这一连串的情况。

品鉴

步入暮年的李清照，心中积聚着深重的亡国之痛、丧夫之悲和孀居之苦，无法排遣。她神情恍惚，怅然若失，想要寻回过往的平静、安宁与幸福来填补内心的空虚与失落。这些岁月里经历的丧乱、家破、夫亡、飘零，种种不幸的遭遇，一句“凄凄惨惨戚戚”痛入心扉。急风、归雁、黄花、梧桐、细雨皆为冷冷清清、孤寂凄凉之景；饮酒、观花、守窗、听雨，抒尽凄婉哀伤之情。思绪茫茫，一个“愁”字又怎能将如许国仇家恨包含得尽？这般悲伤之心境写来，可谓“如怨、如泣、如诉”，读之令人无法不为之动容。

临江仙·夜登小阁忆洛中旧游

陈与义

◉ 题 解

词作于宋高宗绍兴五年（1135）或宋高宗绍兴六年（1136），当时陈与义四十六岁或四十七岁。

忆昔午桥[①]桥上饮，坐中多是豪英。长沟流月去无声[②]。杏花疏影里，吹笛到天明。

二十余年如一梦，此身虽在堪惊。闲登小阁看新晴。古今多少事，渔唱[③]起三更[④]。

【注释】

①午桥：桥名，在洛阳南十里外。

②“长沟”句：此句即杜甫《旅夜书怀》“月涌大江流”之意，谓时间如流水般悄然逝去。

③渔唱：打鱼人的歌儿。这里词人叹惜前朝兴废的历史。

④三更：古代滴漏计时，自黄昏至拂晓分为五刻，即五更，三更是午夜。

作者信息

陈与义（1090—1138），字去非，号简斋，洛阳（今属河南）人。官参知政事。宋末方回所称江西诗派“一祖三宗”，“一祖”是杜甫，“三宗”就是黄庭坚、陈师道和陈与义。以诗著名，原属江西诗派。南渡后，诗风有明显变化，由清新明净变为沉郁悲壮。也善于写词，有《简斋集》。

品鉴

陈与义的词风清新自然，不事雕琢。其中“长沟流月去无声”一句，描写当时宴游之环境：皎洁、幽雅的明月之夜，月亮揉碎在桥下流水之中，随着水流悠然而去，极富诗情画意。而“杏花疏影里，吹笛到天明”一句，尤为传神，好似让人亲眼看到一群青年豪英在月下的杏树丛中，观月赏花，吹笛赋诗，直到天明，充满了欢乐及倜傥的情调。《临江仙》全词，在豪放中见深婉，情真意切，空灵超旷。无一处华丽辞藻，无一个典故，语言浅白易懂，可谓自然而然，水到渠成。

钗头凤

陆　游

⊙ 题　解

这首词相传是陆游三十一岁时，为怀念他的被迫离婚的前妻唐琬而作。它反映了一出封建礼教压迫下的爱情悲剧，表现了词人因爱情遭到破坏而产生的痛苦、怨愤和无可奈何的心情，词切情深，流传其广。

红酥手，黄縢酒，满城春色宫墙柳。东风恶，欢情薄。一怀愁绪，几年离索[1]。错！错！错！

春如旧，人空瘦，泪痕红浥[2]鲛绡[3]透。桃花落，闲池阁。山盟虽在，锦书难托。莫！莫！莫！

【注释】

①离索：离群索居。

②浥（yì）：湿润。

③鲛绡：神话传说中鲛人所织的绡，极薄，后用以泛指薄纱，这里指手帕。

鹧鸪天

陆　游

◉ 题　解

陆游诗词多慷慨激昂之作，如《书愤》，但还有一类飘逸高妙的，如这首《鹧鸪天》，主要写隐居生活。

家住苍烟[①]落照间，丝毫尘事不相关[②]。斟残玉瀣[③]行穿竹，卷罢《黄庭》[④]卧看山。

贪啸傲[⑤]，任衰残，不妨随处一开颜。元知造物心肠别，老却英雄似等闲！

【注释】

①苍烟：即青烟。

②“丝毫”句：此处有陶渊明《归园田居》“户庭无尘杂”之意。

③玉瀣（xiè）：一种美酒。

④《黄庭》：道家经典著作，谈论养生之道。

⑤啸傲：歌咏自得之意，陶渊明有“啸傲东轩下”语。

诉衷情

陆 游

题 解

这首词作于陆游晚年退居山阴以后。词中回顾了词人当年慷慨从戎的英雄气概，为壮志未酬、被迫退隐深感痛心。“谁料”二字，饱含了对南宋统治集团的不满。

当年①万里觅封侯，匹马戍梁州。关河梦断何处？尘暗旧貂裘②。

胡未灭，鬓先秋，泪空流。此生谁料，心在天山③，身老沧洲④！

【注释】

①当年：指宋孝宗乾道八年（1172），词人来到南郑（今陕西汉中），投身四川宣抚使王炎幕下，亲临抗金战争前线。

②貂裘：代戎装。

③天山：代抗金前线。

④沧洲：指闲居之地。

作者信息

陆游（1125—1210），字务观，自号放翁，越州山阴（今浙江绍兴）

人。十二岁即能诗文，一生著述丰富，有《剑南诗稿》《渭南文集》等存世。陆游具有多方面的文学才能，尤以诗的成就为最大。自言“六十年间万首诗”，今尚存九千三百余首。他的诗作多抒发抗金报国情怀，梁启超称他“亘古男儿一放翁”。

品 鉴

陆游以诗著称，他的词也堪称一流。这里所选的几首词，可代表陆游词的不同风格。

《钗头凤》是词人写自己的爱情悲剧。全词围绕沈园这个特定空间展开，由追昔到抚今，催人泪下。尤其是“错！错！错！”和“莫！莫！莫！”两次感叹，更是荡气回肠，令人唏嘘不已。

而《鹧鸪天》和《诉衷情》都饱含词人壮志难酬的爱国主义情怀。只是前者较为含蓄，后者更为直露。但“老却英雄似等闲”和“心在天山，身老沧洲”的意境却是相同的。

青玉案·元夕

辛弃疾

◎ 题解

这首词是辛弃疾的名作，它以寻人为线索，用元宵节的盛况，烘托出一个孤高、忧郁的“那人”形象，表现出词人对这个形象的执意追求。

东风夜放花千树①，更吹落，星如雨。宝马雕车②香满路。凤箫③声动，玉壶④光转，一夜鱼龙舞。

蛾儿雪柳⑤黄金缕，笑语盈盈暗香去。众里寻他千百度，蓦然回首，那人却在，灯火阑珊⑥处。

【注释】

①花千树：形容灯火之多，如千树繁花齐开。

②宝马雕车：指观灯的贵族豪门的华丽车马。

③凤箫：《神仙传》载，秦穆公之女弄玉，善吹箫作凤鸣声，引来了凤。故称箫为凤箫。

④玉壶：比喻月亮。

⑤蛾儿雪柳：元宵节妇女头上戴的装饰物。

⑥阑珊：零落。

作者信息

辛弃疾（1140—1207），南宋词人，字幼安，号稼轩，历城（今山东济南）人。其词抒写力图恢复国家统一的爱国热情，倾诉壮志难酬的悲愤，对南宋上层统治集团的屈辱投降进行揭露和批判，也有不少吟咏祖国河山的作品。艺术风格多样，而以豪放为主，热情洋溢，慷慨悲壮，笔力雄厚，与苏轼并称为“苏辛”。

品鉴

上片极力渲染元宵佳节的热闹景象：满城火树银花，富丽辉煌，热闹繁华；满街车水马龙，游人如织，通宵歌舞。下片开头又描绘赏灯女子盛装艳服、欢声笑语之情形。然而这一切并不是本篇主要描写的对象。词人寻寻觅觅，蓦然回首，终于看见他要找寻的“那人”正在“灯火阑珊处”。原来一切热闹非凡的场景，所有笑语盈盈的美人，只是为了衬托“他”的冷落与孤独。这个置身于荣华之外，孤独、忧愁又自甘寂寞的形象，正是词人理想人格的化身。

清平乐·独宿博山王氏庵

辛弃疾

◎ 题解

博山，在江西永丰境内（今江西广丰县），古名通元峰，由于其形状像庐山香炉峰，所以改称博山。辛弃疾在上饶带湖闲居期间曾多次游览博山，并留有颇多的题咏。

绕床饥鼠，蝙蝠翻灯舞。屋上松风吹急雨，破纸窗间自语。

平生塞北江南，归来华发[①]苍颜。布被秋宵梦觉，眼前万里江山。

【注释】

①华发：花白的头发。

品鉴

这首词用文字构筑起了一幅幅画面。开篇四句先是描绘出一幅破落衰败的场景：夜半时分，屋内饥鼠绕床而爬，蝙蝠围灯翻飞，屋外疾风骤雨，破裂的窗纸也在作响。独宿在这间破屋之中的是一位白发苍苍的老人，他就是转战塞北江南，一生戎马，沧桑历尽的大词人辛弃疾。正因为时时刻刻心系社稷，当夜半醒来时，他眼前出现的画面并不是饥鼠、蝙蝠、残灯、破窗，而是一幅祖国的“万里江山”！通过这样的画面，相信读者都能感受到词人那颗炽热的爱国之心，并为之唏嘘不已。

西江月·遣兴

辛弃疾

◎ 题解

这首小词粗看，正如标题所示，是一时即兴之作。但如果细读，就会发现词人是在借诙谐幽默之笔发泄内心的不平。如再深入研究，我们还可洞察到词人是由于社会现实的黑暗而忧心忡忡，满腹牢骚和委屈，不便明说而又不能不说，所以只好借用这种方式，来畅快淋漓地宣泄他的真情实感。

醉里且贪欢笑，要愁那得工夫。近来始觉古人书，信著全无是处。

昨夜松边醉倒，问松我醉何如？只疑松动要来扶，以手推松曰去！

品 鉴

这首词抒写的是词人自己放达悠闲的生活，词中所记之事只是读书、饮酒，读来尽是醉态醉语。然而这样一首看似闲适的词作之中却流露出无限的隐痛。多少次壮志难酬，报国无门，词人心中的悲愤并没有随着年岁的增长而消解，反而越积越深。所谓的癫狂痴态，实际上是悲愤的另一种表现形式。经历了太多的世事沧桑，郁积了太多的悲愁苦闷，他深知人生的无奈。因而在词的更深层次中，我们依然能够感受到他那桀骜不驯的个性，也能够听见他那无可奈何的悲叹。

念奴娇

姜　夔

◉ 题　解

本篇是托物比兴的咏物词，借写荷花寄托身世。姜夔曾多次与友人徜徉于江南荷塘景色之中，因感其“意象幽闲，不类人境”，而有是作。

予客武陵[1]，湖北宪治在焉。古城野水，乔木参天，予与二三友，日荡舟其间，薄[2]荷花而饮，意象幽闲，不类人境。秋水且涸[3]，荷叶出地寻丈[4]，因列坐其下。上不见日，清风徐来，绿云自动。间于疏处，窥见游人画船，亦一乐也。朅来吴兴，数得相羊[5]荷花中。又夜泛西湖，光景奇绝，故以此句写之。

闹红一舸，记来时、尝与鸳鸯为侣。三十六陂[6]人未到，水佩风裳[7]无数。翠叶吹凉，玉容销酒，更洒菰蒲[8]雨。嫣然[9]摇动，冷香飞上诗句。

日暮，青盖亭亭，情人不见，争忍凌波[10]去？只恐舞衣[11]寒易落，愁入西风南浦。高柳垂阴，老鱼吹浪，留我花间住。田田[12]多少，几回沙际归路。

【注释】

①武陵：今湖南常德。

②薄：迫近。

③涸：枯竭。

④寻丈：一丈左右。寻，八尺。

⑤相羊：徜徉，徘徊。

⑥陂：池塘。

⑦风裳：指随风摇曳的荷叶。

⑧菰蒲：两种水生植物。

⑨嫣然：美女笑貌。

⑩凌波：行于水波之上。常指乘船。

⑪舞衣：指荷叶。

⑫田田：荷叶相连貌。

作者信息

姜夔（约1155—1209），字尧章，别号白石道人，饶州鄱阳（今属江西）人。一生不曾出仕。精通音乐，长于作诗填词。他的词对于南宋后期词坛的格律化有巨大的影响。具有现实意义的作品比较少。特点是清空高洁，极富想象，语言灵动自然，兼具“清空”与“骚雅”。

品 鉴

荷花是古典诗词中常见的意象，这首词为我们展现了一个清丽美好、超凡脱俗的荷花世界。姜夔笔下那鲜艳的荷花，倩影婀娜，嫣然含笑，仿佛化身为等候情人的凌波仙子，清馨可人。面对如此美景，谁不愿长留花间？谁忍离去？

姜夔写荷花，不仅仅停留在对其外在形态的描摹上，而是深深融入了自己的个性和神韵。姜夔一生襟怀清旷，诗词亦如其人。荷花寄寓着他对冰清玉洁、一尘不染之精神境界的追求，写花实为明志。

暗香

姜　夔

◉ 题 解

《暗香》和后面的《疏影》两词是文学史上著名的咏梅词，是姜夔的代表之作。姜夔咏梅词共有十七首，此两篇最为精绝。

辛亥之冬，予载雪[1]诣石湖[2]。止既月[3]，授简索句[4]，且征新声，作此两曲。石湖把玩[5]不已，使工妓[6]隶习之，音节谐婉，乃名之曰《暗香》《疏影》。

旧时月色，算几番照我，梅边吹笛？唤起玉人，不管清寒与攀摘。何逊[7]而今渐老，都忘却、春风词笔。但怪得、竹外疏花[8]，香冷入瑶席。

江国，正寂寂。叹寄与路遥，夜雪初积。翠尊易泣[9]，红萼[10]无言耿相忆。长记曾携手处，千树[11]压、西湖寒碧。又片片、吹尽也，几时见得？

【注释】

①载雪：冒雪乘船。

②诣：拜访。石湖：即诗人范成大。

③止既月：住满一月。

④授简索句：给纸索取诗词。

⑤把玩：指反复欣赏。

⑥工妓：乐工和歌伎。

⑦何逊：南朝梁诗人。以何逊喻己，说自己渐渐衰老，游赏的兴趣减退，对于一向所喜爱的梅花都忘掉为它歌咏了。

⑧竹外疏花：竹林外稀疏的梅花。

⑨翠尊易泣：拿着酒杯，无法抑止眼泪。

⑩红萼：指红梅。

⑪千树：杭州西湖孤山的梅花成林。

品 鉴

《暗香》一词，通过记忆与现实的交织对比，抒写个人身世飘零、昔盛今衰的慨叹以及对从前情人的怀念。词人身处异乡，遥想当年月色下、笛声中，一位玉人和月摘梅，意境何其清旷幽雅！如今年华已逝，诗情也不复从前，只有当看到清丽秀雅的石湖梅花，才引发一番诗兴。然而梅花引起的却是更为心酸的回忆，曾与情人一起携手同游西湖赏梅的情景萦绕心头，挥之不去。眼前的梅花片片凋零，何时才能再度盛开？思念的情人分别已久，何时才能重逢呢？离情别绪溢于言表，韵味深长。

疏影

姜　夔

题　解

本篇是姜夔又一咏梅名作，描写黄昏赏梅及由此引发的种种联想和感慨。本词与《暗香》同时所写，均咏梅花，是姊妹篇。两词意境朦胧，在咏梅时寄寓了很深的意蕴。但究竟寄托之意为何，难以指实。

苔枝缀玉①，有翠禽②小小，枝上同宿。客里相逢③，篱角黄昏，无言自倚修竹。昭君不惯胡沙④远，但暗忆、江南江北。想佩环⑤、月夜归来，化作此花幽独。

犹记深宫旧事，那人正睡里，飞近蛾绿。莫似春风，不管盈盈，早与安排金屋⑥。还教一片随波去，又却怨、玉龙哀曲⑦。等恁时⑧、重觅幽香，已入小窗横幅。

【注释】

①苔枝缀玉：梅花像美玉一般缀满枝头。苔枝，长有苔藓的梅枝。

②翠禽：绿色羽毛的小鸟。

③客里相逢：指离乡在外期间与梅相遇。

④胡沙：指北方的沙漠。

⑤佩环：即环佩，玉饰。

⑥金屋：用汉武帝金屋藏娇的典故，指惜花之意。

⑦玉龙哀曲：即指笛曲《梅花落》。玉龙，即玉笛。

⑧恁（nèn）时：那时。

品 鉴

《疏影》的特别之处在于词人用了五个典故、五位女性来映衬梅花的形象品格。词中写到了传说中的罗浮女神、杜甫笔下的佳人、远嫁匈奴的王昭君、活泼娇憨的寿阳公主，以及汉武帝的阿娇，她们或有超凡脱俗之容貌，或有玉洁冰清之品性。词人用这五位女子来映衬梅花，把梅花人格化，表现出了梅花的形象、梅花的性格、梅花的灵魂，寄寓了词人对梅花的怜惜，对美好事物易逝的感怀。

唐多令

吴文英

题解

本词就眼前之景，抒离别之情。上片写离愁，词人满怀愁绪，怕在月明之夜，登楼眺望。下片抒发别情，燕已归来，人却停留他方。全词构思新颖别致，写得细腻入微。语言通俗浅近，颇似民歌小调。

何处合成愁？离人心上秋①。纵芭蕉、不雨也飕飕②。都道晚凉天气好，有明月、怕登楼。

年事③梦中休，花空烟水流。燕辞归④、客⑤尚淹留⑥。垂柳不萦⑦裙带⑧住，漫长是、系行舟。

【注释】

①心上秋：合起来成一“愁”字。两句点明“愁”字来自惜别伤离。

②飕飕：风雨声。这句是说即使不下雨，芭蕉仍然发出飕飕的秋声。

③年事：往事。这两句是说往事如梦，似花落水流。

④燕辞归：曹丕《燕歌行》“群燕辞归雁南翔”。

⑤客：作者自称。

⑥淹留：停留。

⑦萦：缠绕。

⑧裙带：指离别的女子。

作者信息

吴文英（约 1212—约 1272），字君特，号梦窗，晚年又号觉翁，四明（今浙江宁波）人。一生未仕，但平生所交，皆一时显贵。作词较多，是一位重要词人。其词典丽而工，多雕琢，音律和谐。今传有《梦窗词》。

品鉴

全词语言清新明快，不事雕琢。上片一开篇便将“秋”“心”二字合成一个“愁”字，点明离人悲秋，更生离愁。此处拆字极为自然，似乎是信手拈来，又紧扣主题秋思离愁，匠心独具。下片写自己不能随情人而去，只能羁身异乡的愁苦之思，用了“垂柳不萦裙带住，漫长是、系行舟”作喻，意为丝丝垂柳不能系住她的裙带，却牢牢地拴住“我”的行舟。其中“萦”“系”都是由柳枝绵长而引出，十分形象。

一萼红·登蓬莱阁①有感

周密

◎ 题解

这首词中的蓬莱阁在绍兴卧龙山，为五代时吴越王钱镠所建，是浙东名胜。宋恭帝德祐二年（1276），元军攻占南宋都城临安，周密随即流亡。据王沂孙《淡黄柳》词序："又次冬（1276）公谨自剡还，执手聚别……敬赋此解。"按王词所云，可知周词为同时之作，表达了词人怀念故国山河的爱国忧思。

步深幽。正云黄天淡，雪意未全休。鉴曲②寒沙，茂林③烟草，俯仰千古悠悠。岁华晚、飘零渐远，谁念我、同载五湖④舟？磴古松斜，崖阴苔老，一片清愁。

回首天涯归梦，几魂飞西浦，泪洒东州。故国山川，故园心眼，还似王粲登楼⑤。最负他、秦鬟妆镜⑥，好江山、何事此时游！为唤狂吟老监⑦，共赋消忧。

【注释】

①蓬莱阁：在绍兴，西浦、东州皆其地。

②鉴曲：鉴湖弯曲处。

③茂林：指兰亭，因王羲之《兰亭集序》有“茂林修竹”之句。

④五湖：相传范蠡携西施泛舟五湖。

⑤王粲登楼：东汉末王粲客居荆州，作《登楼赋》，怀念家乡。

⑥秦鬟（huán）妆镜：秦望山和鉴湖，作者比为美人的发髻和梳妆之镜。

⑦老监：唐诗人贺知章，绍兴人，曾任官秘书监，晚号四明狂客。

作者信息

周密（1232—约1298），南宋词人。字公谨，号草窗、蘋洲、四水潜夫等，原籍济南，后为吴兴（今浙江湖州）人。宋末曾任义乌令等职，宋亡不仕。其词讲求格律，风格在姜夔、吴文英两家之间，与吴文英（梦窗）并称“二窗”。曾作有慨叹宋室灭亡之作。能诗，也能书画。著有《草窗韵语》《草窗词》《武林旧事》《癸辛杂识》《齐东野语》《云烟过眼录》等，编有《绝妙好词》。

品鉴

这是一曲沉郁哀婉的亡国悲歌。一个从战火中逃生的亡国旧臣，在流亡途中路过绍兴，怀着无比沉痛的心情，登上蓬莱阁再次俯视祖国的山川名胜，一时间感慨万千。“鉴曲”“茂林”，本是清雅秀美之地，如今却随故国沦亡而萧条、衰败；“秦鬟妆镜”本是娇美醉人之景，无奈江山已易其主，此时来游，怎不叫人痛心疾首？词人登临远眺，感时伤怀，通过对眼前景物的描写，抒发了身世飘零之感和盛衰兴亡之叹。

二

含义精深的宋元诗

HANYI JINGSHEN DE SONGYUAN SHI

宋元时期的文学虽然以宋词和元曲闻名，但在当时文人们的心目中，诗仍是最重要的文学体裁。一般认为，中国的五言、七言诗歌以唐代为发展的高峰，宋以后就一代不如一代。其实，没有人比宋代的诗人们更强烈地意识到唐诗的存在，因为他们是紧接在唐诗的后面进行创作的。“李杜齐名吾岂敢，晚风无树不鸣蝉”，面对唐诗，他们的态度是谦虚的，但仍有足够的自信去唱出属于自己的歌声。他们总结了唐诗的表现方法，主动加以变化，追求创新，其成绩也是可观的——与唐诗面貌很不相同的宋诗产生了。大致来说，唐诗好像风采照人、感情投入的歌手在高唱低吟，让人如喝酒一般自然陶醉；而宋诗则像知识渊博、见解新颖的学者一样侃侃而谈，让人如喝茶一般慢慢品味。相对来说，欣赏宋诗往往需要更高的修养，有些作品连专家也很难读懂。但无论如何，宋诗形成了自己的风格，每每能跟唐诗相提并论，优秀的诗人如苏轼，与唐代的任何一位诗人相比都不见得逊色。而且，宋代的诗人往往才艺全面，最典型的当然还是苏轼，诗、词、文、书、画、哲学思想、历史研究、文艺批评乃至于政治活动的能力，各方面都达到一流，这在古今中外都是罕见的。

同样，元代的诗人们也无比强烈地意识到宋诗的存在，但他们渐渐地步入了一个误区：为了跟宋诗相区别，他们去模仿唐诗。从此以后，人们不断地争论诗歌应该学唐还是学宋，但这并不妨碍一些优秀的诗人追求自己的独创。

由于印刷术的长足进步，宋元诗人的作品保存到今天的非常多。目前北京大学出版了《全宋诗》，数量上远远超越《全唐诗》。不过，相比于《全宋词》，《全宋诗》的编辑工作要困难得多，至今还有待于进一步完备。

寒食

王禹偁

今年寒食在商山，山里风光亦可怜[①]。
稚子就花拈蛱蝶[②]，人家依树系秋千。
郊原晓绿初经雨，巷陌春阴乍禁烟[③]。
副使官闲莫惆怅，酒钱犹有撰碑钱[④]。

【注释】

①可怜：即可爱之意。

②蛱（jiá）蝶：蝴蝶的一类，翅有各种鲜艳的色斑。

③禁烟：古时寒食节禁火冷食。

④撰碑钱：替人撰写碑传换取润笔。

清 明

王禹偁

无花无酒过清明，兴味萧然似野僧。

昨日邻家乞新火[①]，晓窗分与读书灯。

【注释】

①乞新火：向邻居借来新的火种。唐宋习俗，清明节前一日或前二日需禁火，吃冷食，清明节时再重新生火，故称新火。

作者信息

王禹偁（954—1001），字元之，济州巨野（今属山东）人。家世务农，出身清寒。九岁能文。宋太宗太平兴国八年（983）进士，历任右拾遗、知制诰、翰林学士，遇事敢言。北宋诗文革新运动的先驱。其诗文多反映社会现实，风格清新平易，词仅存一首，反映了作者积极用世的政治抱负，格调清新旷远。著有《小畜集》。

品 鉴

《寒食》写的是闲官的经历。宋太宗淳化二年（991），王禹偁为徐铉辩诬而激怒太宗，被贬为商州（今陕西商县）团练副使，此诗当作于次年的寒食节。从“官闲”一词可见诗人当时有职无权，徒有空名，因此正好有时间赏风光。那么，没钱如何换酒？只有靠替人撰写碑传换取润笔，酤酒自酌，聊遣愁闷。

《清明》诗中，诗人无花无酒，甚至“新火”也乞自邻家，生活是如此窘迫，可他依然过得有滋有味。末句点出了他内心自得的原因：有书可读即心安。

山园小梅（其一）

林　逋

众芳摇落独暄妍，占尽风情向小园。
疏影横斜水清浅，暗香浮动月黄昏。
霜禽①欲下先偷眼，粉蝶如知合断魂。
幸有微吟可相狎②，不须檀板③共金樽。

【注释】

①霜禽：一作冬鸟，又作白鸟、白鹤。依据诗人“梅妻鹤子”的情趣，还是作“白鹤”解好。

②狎（xiá）：玩赏，亲近。

③檀（tán）板：是檀木制成的拍板，演奏音乐时可用以打拍子。

作者信息

林逋（967—1028），字君复，钱塘（今浙江杭州）人。北宋初年的著名隐逸诗人。林逋一生跟梅花结下了不解之缘。他喜爱种梅养鹤，终身不娶，亦不仕。旧时称其“梅妻鹤子”。著有《林和靖先生诗集》，存词三首。

品 鉴

林逋的咏梅诗对后世的影响颇大。本诗的颔联尤佳，写尽了梅花的气质和风韵。“疏影”写出了梅花稀疏的特点，“暗香”点出了它的清幽芬芳，“横斜”描绘了它的姿态，“浮动”则再现了它的神韵。再加上黄昏月下、清澈水边的环境烘托，更突出了梅花神清骨秀、高洁端庄、幽独超逸的个性。

但这样的佳句并非纯出于诗人的“苦吟”，也是有所本的。五代时有一残句“竹影横斜水清浅，桂香浮动月黄昏”，写的是竹和桂。林逋“拿来”后，轻轻点化，改“竹”为“疏”，改“桂”为“暗”，可谓点铁成金。此联也成了千古绝唱。

东溪[1]

梅尧臣

◎ 题解

《东溪》作于宋仁宗至和二年（1055），时年诗人已五十四岁。

行到东溪看水时，坐临孤屿发船迟。
野凫眠岸有闲意[2]，老树着花无丑枝。
短短蒲茸齐似剪，平平沙石净于筛。
情虽不厌住不得，薄暮归来车马疲。

【注释】

①东溪：即宛溪，在诗人故乡安徽宣城。此溪源出宣城东南峰山，至城东北与句溪合。宛、句两水，合称“双溪”。

②野凫（fú）：野鸭。闲意：天然悠闲之趣。

作者信息

梅尧臣（1002—1060），字圣俞，宣州宣城（今属安徽）人，宣城古称宛陵，故世称梅宛陵。少时应进士不第，历任州县属官。皇祐初赐进士出身，授国子监直讲，官至尚书都官员外郎。在北宋诗文革新运动中他与欧阳修、苏舜钦齐名，并称“梅欧”或“苏梅”。梅尧臣的著作，今存《宛陵先生集》六十卷。

品 鉴

写景诗往往寄寓着诗人对人生的某种看法，《东溪》也如此。请看颔联。第三句一个“闲”字，已见诗人的志趣。看到“野凫眠岸”，诗人就想象它的自由自在。野凫的“闲意”，其实正是诗人自己“爱闲”和“羡闲”。这里的“闲”并非只是无所事事，而是一种浮云富贵的境界。第四句一个“丑”字同样翻出新意。“老”与“丑”往往相连，但诗人偏说它“无丑枝”，不仅使村野平添了几分春色，也反映了诗人老当益壮的心境。

戏答元珍[1]

欧阳修

◎ 题解

《戏答元珍》作于欧阳修被贬峡州夷陵（今湖北宜昌）的翌年（1037）。元珍，系丁宝臣字，时任峡州军事判官，曾作《花时久雨》诗赠欧阳修，后者遂以此诗作答。

春风疑不到天涯[2]，二月山城未见花。
残雪压枝犹有橘，冻雷惊笋欲抽芽。
夜闻归雁生乡思，病入新年感物华。
曾是洛阳花下客，野芳虽晚不须嗟。

【注释】

①题首冠以“戏”字，是声明自己写的不过是游戏文字，其实正是诗人政治上失意后的掩饰之辞。

②诗人当时被贬为夷陵（今湖北宜昌）县令。夷陵小城，地处偏远，虽已二月，却春风难到。

品 鉴

此诗前四句写景：应当见花时节而偏不见花，因而怀疑春风不再远渡天涯。后四句写感叹：诗人曾任洛阳留守推官，因而已做过“洛阳花下客”，故看到野花开得再迟也不必感叹。全诗隐含谪居的矛盾心情，“不须嗟”其实颇可嗟。

丰乐亭游春[①]（其一）

欧阳修

◉ 题解

宋仁宗庆历五年（1045），“庆历新政”失败，欧阳修被诬为“朋党”而遭贬谪，任滁州（今安徽滁州）知州。滁州西南丰山之下有紫薇泉，诗人慕名前游并筑亭其上，名为丰乐亭。

绿树交加[②]山鸟啼，晴风荡漾落花飞。
鸟歌花舞太守醉，明日酒醒春已归。

【注释】

①《丰乐亭游春》共三首，这里选其一。

②交加：意为树木枝叶繁茂，种植紧密，所以枝叶交加。

品　鉴

这首诗写诗人醉心于春景而感叹春日短暂的心情。绿树成荫，山鸟鸣啼，落花翩舞，在明媚春景之中，诗人不知是沉醉于酒还是春光。待次日醒来，一切皆已物换景移，春无踪迹。春去何其匆匆，诗人的惋惜之情不觉流露无遗，此亦正是本诗新颖生动之处。

示长安君

王安石

◉ 题解

此诗为宋仁宗嘉祐五年（1060）王安石出使辽国前所作，时年诗人四十岁。长安君即诗人大妹，因兄长写给妹妹，故题中云“示”。

少年离别意非轻，老去相逢亦怆情。
草草杯盘供笑语，昏昏灯火话平生。
自怜湖海三年[①]隔，又作尘沙万里[②]行。
欲问后期何日是，寄书应见雁南征。

【注释】

①湖海：言阻隔之深。三年：言时间之长。

②尘沙：言远行之苦。万里：言距离之远。

品 鉴

这是一首离别诗。离别为中国古诗常见的主题，本诗的独特之处在于以家庭生活中一个典型的细节，反衬亲人离别之苦。颔联是最为人传诵的。“草草”修饰“杯盘”，可见酒菜的简单，也即所谓家常便饭；“昏昏”修饰“灯火”，在这样的灯光下兄妹谈心，是何等温馨。这就为后面的“伤离别”作了极好的铺垫。

题西太一宫①壁（其一）

王安石

柳叶鸣蜩②绿暗，荷花落日红酣。
三十六陂③春水，白头想见江南。

【注释】

①西太一宫：道教庙宇，宋仁宗天圣年间所建。在今河南开封西八角镇。

②鸣蜩（tiáo）：即鸣蝉。

③三十六陂（bēi）：在开封。陂，池塘。

品鉴

这是一首六言绝句。据说苏轼读此六绝，赞叹道：“此老，野狐精也！”请注意诗中两个带色彩的字：“绿”和“红”。绿，状写柳叶，绿而暗，极写柳叶之密、柳色之浓；红，状写荷花，红而酣，极写夕阳下荷花的红艳。两句不仅色彩绚丽，而且境界极美。

东栏梨花

苏　轼

◎ 题解

《东栏梨花》是《和孔密州五绝》中的第三首。孔密州即孔宗翰，宋神宗熙宁九年（1076）冬苏轼离开密州任，孔宗翰接任知州，翌年四月苏轼到徐州任职，作此诗寄孔。

梨花淡白柳深青，柳絮飞时花满城。
惆怅东栏一株雪①，人生看得几清明。

【注释】

①一株雪：即一树白色的梨花。

品　鉴

诗人因梨花盛开而感叹春光易逝、人生如寄，首句以“淡白”状梨花，以“深青”状柳叶，不但精确地刻画春末夏初梨花、柳叶的特征，而且暗含伤春之感，故有后面的“惆怅”云云。

海棠

苏轼

◎ 题解

《海棠》一诗作于苏轼谪居黄州（今属湖北黄冈）期间。据说苏轼寓居定惠院之东，杂花满山，有海棠一株，土人不知贵。对幽居独处的海棠，苏轼视为知己。

东风袅袅泛崇光①，香雾空蒙月转廊。

只恐夜深花睡去，故烧高烛照红妆。

【注释】

①袅袅：一作“渺渺”，形容微风吹拂。崇光：指日益增长的春光。

品鉴

首两句侧面描写，写出微风吹拂、春光旖旎时海棠花的光洁美丽；后两句由花及人，生发奇想，深切地表达了爱花惜花之情。因恐海棠像人一样睡去，故特意点燃高烛照耀海棠，使它打起精神。

寄黄几复

黄庭坚

◉ 题解

《寄黄几复》作于宋神宗元丰八年（1085），当时诗人在监德州（今属山东）德平镇。黄几复，名介，与诗人是少年时朋友，此时在四会县（今属广东）。故诗里有“北海”“南海”云云。

我居北海君南海①，寄雁传书②谢不能。
桃李春风一杯酒，江湖夜雨十年灯。
持家但有四立壁③，治病不蕲三折肱④。
想得读书头已白，隔溪猿哭瘴烟藤。

【注释】

①诗人跋此诗云：“几复在广州四会，予在德州德平镇，皆海滨也。”

②寄雁传书：用的是苏武留胡时大雁传书的故事。

③四立壁：家徒四壁，形容清贫。《史记·司马相如传》：“家居徒四壁立。”

④三折肱：《左传·定公十三年》有“三折肱，知为良医”句。意思是一个人如果三次跌断胳膊，就可以成为一个好医生了。

题竹石牧牛

黄庭坚

◎ 题解

《题竹石牧牛》是黄庭坚为苏轼、李公麟合作的《竹石牧牛图》所作题画诗。

子瞻画丛竹怪石，伯时增前坡牧儿骑牛，甚有意态。戏咏。

野次小峥嵘①，幽篁②相倚绿。
阿童三尺箠③，御此老觳觫④。
石吾甚爱之，勿遣牛砺⑤角。
牛砺角尚可，牛斗残我竹。

【注释】

①峥嵘：本用以形容山的高峻，这里拿来指称形态峻奇的怪石。

②篁：丛生的竹子。前面着一“幽”字写它的气韵；后面着一“绿”字写它的色彩。

③箠（chuí）：竹鞭。

④觳觫（hú sù）：形容牛恐惧颤抖的样子。

⑤砺：磨。

作者信息

黄庭坚（1045—1105），字鲁直，自号山谷道人，晚号涪翁，洪州分宁（今江西修水）人。诗与苏轼并称“苏黄”，为江西诗派开山之祖，著有《豫章黄先生文集》。

品鉴

黄诗好用典，常为了“字字有来历”而显得晦涩，但又特别注重炼字，故能推陈出新，翻出新意。这里所选的两首诗，很能代表黄诗的这两个特点。

《寄黄几复》中，首句就出自《左传·僖公四年》楚子问齐桓公“君处北海，寡人处南海”的话，但经诗人点化，更突出了相隔之远和相思之深。其中“桃李春风”一联为千古流传的名句。

《题竹石牧牛》是诗人为苏轼和李公麟合作的《竹石牧牛图》而作的题咏，但不限于画面意象情趣的渲染，而是借题发挥，凭空翻出一段感想议论。实际上诗人是讽喻了生活里的“牛砺角”和“牛斗”。

和答元明黔南赠别

黄庭坚

题解

黄庭坚与兄长黄大临（字元明）手足情深。他于绍圣二年（1095）因所谓的“修史失实”被贬黔州安置。黄大临亲自陪同他跋山涉水，到达贬所，停留数月才别。黄大临六月离开，此诗写于是年之冬，当是追和。

万里相看忘逆旅[①]，三声清泪[②]落离觞。
朝云往日攀天梦[③]，夜雨何时对榻凉[④]？
急雪脊令[⑤]相并影，惊风鸿雁不成行。
归舟天际常回首，从此频书慰断肠。

【注释】

①逆旅：旅店，旅程。

②三声清泪：典出古乐府《巴东三峡歌》：“巴东三峡巫峡长，猿鸣三声泪沾裳。”

③攀天梦：登上朝堂，施展宏图。

④“夜雨”句：典出韦应物：“宁知风雨夜，复此对床眠。”指摆脱官场，兄弟对床夜语，自由自在。

⑤脊令：典出《诗经》：“脊令在原，兄弟急难。”喻兄弟相互依傍，患难与共。

品 鉴

全诗感情深笃。首联正面写离别的哀痛，掀起感情波澜。颔联写抱负落空，但求兄长相伴，晤面一室，长享天伦。颈联写景，又是比兴，再申兄弟之情。尾联宕开一笔，翻进一层，写兄长在归舟中肯定是翘首望天际，盼望早日团圆。从此只能靠频频往来的书信来安慰断肠人了。本诗虽用典繁复，但贴切自如，浑然天成，因感情真挚而深婉动人。

病起荆江亭即事十首（其一）

黄庭坚

题 解

这组作品写于黄庭坚晚年。愈老愈熟，愈趋于平淡，但又自然天成。荆江亭，在江陵（今湖北荆州）。即事，就眼前景物有感而赋诗。

翰墨场中老伏波①，菩提坊里病维摩②。
近人积水无鸥鹭，时有归牛浮鼻过。

【注释】

①老伏波：典出《后汉书·马援传》。汉朝名将马援，封伏波将军，六十二岁自请出征，并“据鞍顾盼，以示可用”。此处表示黄庭坚有为国效力的意愿和决心。

②维摩：典出《佛经》。维摩诘是《佛经》中一个有学问有文才的人，所以文人皆爱以此自比。“病维摩”代指病卧荆江的黄庭坚。这两句说自己是位文坛老将，又像个寺院里的病和尚。

品 鉴

第一、二句用典贴切，诗人虽有为国效力之心但病卧荒江，其苦闷不言而喻。第三、四句着重写居所之荒凉，连鸥、鹭这样的水鸟也没有，“时有归牛浮鼻过”。荒寒偏僻的景物描写中，诗人内在的苦闷也是寄于言外了。语言精练，表达感情很节制。

书磨崖碑后

黄庭坚

◉ 题解

磨崖碑即是《大唐中兴颂》，唐元结撰文，颜真卿书写，碑文记载平定安史之乱、肃宗中兴的史事。因刻在浯溪的大石崖上，故称磨崖碑。北宋时碑石已经残缺。黄庭坚在崇宁三年（1104）六十岁时见到石碑，写下此诗。

春风吹船著[①]浯溪，扶藜[②]上读中兴碑。
平生半世看墨本，摩挲石刻鬓成丝[③]。
明皇不作苞桑计[④]，颠倒四海由禄儿[⑤]。
九庙不守乘舆西[⑥]，万官已作乌择栖[⑦]。
抚军监国太子事，何乃趣取大物为[⑧]。
事有至难天幸尔[⑨]，上皇跼蹐还京师[⑩]。
内间张后色可否[⑪]，外间李父颐指挥[⑫]。
南内凄凉几[⑬]苟活，高将军[⑭]去事尤危。
臣结舂陵二三策[⑮]，臣甫杜鹃再拜诗[⑯]。
安知忠臣痛至骨，世上但赏琼琚词[⑰]。
同来野僧六七辈，亦有文士相追随[⑱]。

断崖苍藓[19]对立久，涑雨[20]为洗前朝悲。

【注释】

①著：停放。

②藜：手杖。藜草的老茎可作手杖。

③“平生”二句：平生看了半世的拓本，暮年方赏玩石刻。摩挲，指赏玩金石书画。

④苞桑：桑树的本干，犹言国本。

⑤禄儿：安禄山，他曾做过杨贵妃的养儿。

⑥“九庙”句：指安禄山反叛后，玄宗丢下宗庙，向西逃往蜀中。九庙，宗庙。

⑦“万官”句：指宰相陈希烈等投降安禄山。

⑧“抚军”二句：指玄宗奔蜀时，肃宗还是太子，后趁机即位。按理说太子当时的职分是平乱护国，怎能急于谋取帝位？何乃，何能。趣，通“促”，急促。大物，大宝。

⑨“事有”句：指平定叛乱、收复长安出于侥幸罢了。天幸，出于侥幸。尔，句末语气词，罢了。

⑩上皇：太上皇，唐玄宗。跼（jú）蹐（jí）：局促，窘迫不安，指玄宗还京后的处境。

⑪“内间”句：指肃宗的皇后张氏专横，与宦官李辅国一起干预朝政，从宫内离间玄宗肃宗父子；肃宗怕她，甚至不敢探望玄宗。色可否，即肃宗看皇后脸色行事。

⑫“外间”句：指玄宗妹妹持盈公主常去探望兄长，李辅国想立奇功，向肃宗诬告玄宗想复辟，再假托圣旨，劫迁玄宗于西内太极宫，送持盈公主至玉真观出家。颐，下巴。颐指挥，以面部示意来指使，语出《汉

书·贾谊传》。

⑬几：差不多。

⑭高将军：高力士，玄宗被迫迁居后，他被流放巫州，玄宗处境更为孤危。

⑮“臣结”句：“臣结”指元结。元结曾任道州刺史，多次上表言事，并作有《舂陵行》诗，反映民间疾苦。

⑯“臣甫”句：杜甫的《杜鹃》中有“我见常再拜，重是古帝魂”。诗人借指玄宗幽居西内事。

⑰琼琚词：辞藻优美的文章。

⑱文士相追随：同游的有僧人伯新、道遵，文人陶预、李格等。

⑲苍藓：青苔。

⑳涑雨：暴雨。

品 鉴

对于唐玄宗、唐肃宗的千秋功罪如何评说，文人墨客完全可以用一篇史论来洋洋洒洒地展开。但黄庭坚却偏偏用诗歌来表现对历史的深刻洞察，不能不让人佩服他的勇敢和卓绝的艺术才华。全诗的章法严谨，层次清晰。前四句叙写浏览读古碑事；中间大段的夹叙夹议气势磅礴地展开，又曲折尽意；最后四句写当日之情形，记同游之侣，一如古文游记章法；结尾寓情于景，手笔漂亮。不过，读诗之前，先要把史实了然于胸。

绝句（其四）

陈师道

书当快意读易尽，客有可人[1]期不来。

世事相违每如此，好怀[2]百岁几回开？

【注释】

①可人：称心如意之人，这里指好朋友。

②好怀：好兴致。

作者信息

陈师道（1053—1102），字履常，一字无己，自号后山居士，彭城（今江苏徐州）人。“苏门六君子”之一，江西诗派重要作家。亦能词，其词风格与诗相近，以拗峭惊警见长。但其诗、词存在着内容狭窄、词意艰涩之病。著有《后山先生集》《后山词》。

品鉴

宋人爱以诗说理。苏轼的《题西林壁》、朱熹的《观书有感》，皆充满理趣，令人回味无穷。陈师道的《绝句》也属此类。

小诗讲的是一种真实的生活感受：人生不如意事十有八九，真正舒心的时候又有几何？诗人巧妙地以“读书”“会友”为例，说出了这个并不深奥的道理。全诗明白通畅，很容易使读者心领神会。

春怀示邻里

陈师道

◎ 题解

《春怀示邻里》写于诗人家居徐州之时，生活清贫，以读书、写诗自遣。在严谨深刻的语言中，把贫寒窘迫的文人的坎坷路途委婉地表现出来。

断墙着雨蜗成字①，老屋无僧燕作家。
剩欲②出门追语笑，却嫌归鬓逐尘沙。
风翻蛛网开三面③，雷动蜂窠趁两衙④。
屡失南邻⑤春事约，只今容有⑥未开花。

【注释】

①蜗成字：蜗牛爬过留下的黏液，如同篆文，称为蜗篆。

②剩欲：更欲。

③“风翻”句：用《吕氏春秋·异用》中的商汤故事。

④两衙：众蜂簇拥蜂王，如朝拜屏卫，称为蜂衙。

⑤南邻：诗人此时常和邻人寇十一来往，南邻指寇君。

⑥容有：当有。

品 鉴

首联以“断墙”“老屋”，点明所居的简陋。诗人不写“老屋无人”而代之以“无僧”，以自嘲的戏言表明自己不过像游方的僧人，居无定所，乃一过客。颔联写自己也想外出寻点笑语，无奈归来后鬓角上又会染上沙尘。诗人保持傲然情操，不愿在风尘中追逐。颈联即景抒怀，风翻蛛网却网开三面；雷动蜂衙，蜂儿却仍然有秩序地簇拥、排列着。那么，人入尘网却如何呢？言有尽，意无穷。运用典故写实景，而暗寓深意，写得很曲折。尾联感喟屡次爽约，平白地辜负了春天，此时或许还有未开的花儿。

春游湖

徐俯

题解

此诗写春游所见。

双飞燕子几时回？夹岸[①]桃花蘸水开。
春雨断桥人不度，小舟撑出柳阴来。

【注释】

①夹岸：写出桃花成林，极为繁盛。

作者信息

徐俯（1075—1141），字师川，号东湖居士，洪州分宁（今江西修水）人。黄庭坚之甥。工诗词。有《东湖集》，不传。

品 鉴

徐俯为黄庭坚外甥，早年诗作受黄影响，后来他极力摆脱江西诗派艰深雕琢的风格，追求平易自然。《春游湖》可见他晚年的诗风。

这首诗后两句尤为著名。由桥断而见水涨，由舟小而见湖宽。这两句诗充分体现了中国诗歌艺术的两个重要审美特点：一是写景在秀丽之外须有幽淡之致。桃花开、燕双飞，固然明媚，但无断桥，便少了逸趣；二是以实写虚，虚实相生。小舟撑出柳荫，满湖春色已全然托出。

伤春

陈与义

庙堂[1]无策可平戎，坐使甘泉照夕烽[2]。
初怪上都闻战马，岂知穷海看飞龙[3]。
孤臣霜发三千丈，每岁烟花一万重。
稍喜长沙向延阁[4]，疲兵敢犯犬羊锋[5]。

【注释】

①庙堂：指朝廷。

②甘泉照夕烽：借用汉代故事。《史记·匈奴传》说，汉文帝时，匈奴犯边，报警的烽火一直传到长安附近的甘泉宫。

③飞龙：出自《周易·乾卦·爻辞》："九五，飞龙在天。"中国一向用"龙"象征皇帝，这里"飞龙"比宋高宗，暗喻其逃难远走，直到海上。

④向延阁：即向子諲，他原是秘阁直学士，故诗人借用汉宫的"延阁"以称之。建炎四年（1130），金兵攻潭州，向子諲率军民坚守，金兵围城八日，城陷，向仍率军民继续抗战。故曰"稍喜"。

⑤犬羊锋：对金兵的鄙称。

品 鉴

陈与义曾学过杜甫诗，又历经北宋末年的动乱，所以颇得杜诗神韵。

这首诗首联就慨叹朝廷无平戎之策，坐使金兵深入，极写对国事的伤叹。颔联直写南宋朝廷狼狈奔逃的行径，流露了诗人对高宗的失望之情。颈联运化了李白、杜甫的诗句“白发三千丈，缘愁似个长”（李白《秋浦歌》），“关塞三千里，烟花一万重”（杜甫《伤春》），抒发伤时忧国的感情。尾联诗意有所转，表明不屈于强敌的决心。全诗雄浑沉挚，充满爱国主义情怀。

临安春雨初霁

陆　游

世味年来薄似纱，谁令骑马客京华。
小楼一夜听春雨，深巷明朝卖杏花。
矮纸[①]斜行闲作草[②]，晴窗细乳[③]戏分茶[④]。
素衣莫起风尘叹，犹及清明可到家。

【注释】

①矮纸：即短纸、小纸。

②草：即草书。这里用了张芝的故事。张芝擅草书，但平时都写楷书。人问其故，回答说："匆匆不暇草书。"

③细乳：即沏茶时水面呈白色的小泡沫。

④分茶：宋代流行的一种茶道。

游山西村

陆　游

莫笑农家腊酒[①]浑，丰年留客足鸡豚[②]。
山重水复疑无路，柳暗花明又一村。
箫鼓追随春社近，衣冠简朴古风存。
从今若许闲乘月，拄杖无时[③]夜叩门。

【注释】

①腊酒：指上年腊月酿制的米酒。

②豚：小猪。

③无时：没有固定的时间，即随时。

沈园（二首）

陆　游

◎题解

诗人二十岁时与母舅之女唐琬结婚，婚后两人“伉俪相得”，但诗人母亲并不喜欢儿媳，终至迫使二人于婚后三年离异。诗人三十一岁时，与唐琬偶遇于沈园。后唐琬郁郁而死，诗人陆续写了多首悼亡诗，《沈园》即其代表。

城上斜阳画角[①]哀，沈园非复旧池台。
伤心桥下春波绿，曾是惊鸿[②]照影来。

梦断香消四十年，沈园柳老不吹绵。
此身行[③]作稽山土，犹吊遗踪一泫然[④]。

【注释】

①画角：为一种彩绘的管乐器。

②惊鸿：语出三国魏曹植《洛神赋》：“翩若惊鸿。”形容女子体态轻盈娇美。这里指唐琬。

③行：即将。

④泫（xuàn）然：流泪貌。

品 鉴

陆游的诗可视为宋诗的高峰，其最突出的成就是诗中表达了沉郁浓重的爱国主义情怀。但陆诗中也有状写生活以至爱情的佳作。这里选的三首，充分体现了陆诗的多姿多彩。

《临安春雨初霁》字面上写的是“春雨”，却隐含壮志难酬的感慨。尤其是末句，诗人的悲愤已跃然纸上。《游山西村》本是一首记游诗，但颔联突破了写景的范围，道出了一个引人深思的哲理，已成为千古佳句。《沈园》是诗人悼念前妻之诗，写得深沉哀婉，与诗人一贯的慷慨激昂风格迥异，也使我们看到了陆游的另一面。

闲居初夏午睡起（其一）

杨万里

梅子留酸软齿牙，芭蕉分绿与窗纱。
日长睡起无情思，闲看儿童捉柳花。

作者信息

杨万里（1127—1206），字廷秀，号诚斋，吉州吉水（今属江西）人。与尤袤、范成大、陆游齐名，称“南宋四大家”。其诗构思新巧，语言通俗明畅，自成一家，时称“诚斋体”。其词风格清新、活泼自然，与诗相近。著有《诚斋集》。

品鉴

诗人从午睡初醒写起，一个“软”字表现出他闲散的意态。最妙的是末句，当时诗人已年届不惑，却“闲看儿童捉柳花”，一见诗人的确百无聊赖，但深入一步，又可见诗人多么向往充满活力的生活。儿童世界的天真无邪和成人生活的不如意适成对照，诗的意境也自然凸现。

初入淮河四绝句（其三）

杨万里

两岸舟船各背驰，波痕交涉亦难为。
只余鸥鹭无拘管，北去南来自在飞。

品 鉴

诗因眼前景物起兴，“波痕交涉”之后，着以“亦难为”三字，藏锋不露，却凝聚着诗人无比深沉的感喟。

夜宿田家

戴复古

◎ 题解

这首《夜宿田家》反映了布衣寒士四方漂泊的凄苦生活和羁旅中的乡思。

簦笠相随走路歧，一春不换旧征衣。
雨行山崦黄泥坂，夜扣田家白板扉。
身在乱蛙声里睡，心从化蝶①梦中归。
乡书十寄九不达，天北天南雁自飞②。

【注释】

①化蝶：用庄周化蝶的故事。

②鸿雁在古代是书信的象征，这里指只见鸿雁飞，不见家书至。

作者信息

戴复古（1167—?），字式之，号石屏，天台黄岩（今属浙江台州）人。一生不仕，浪游江湖。是南宋江湖诗派著名诗人，作品受晚唐诗风影响，兼具江西诗派风格。曾从陆游学诗，部分作品抒发爱国思想，反映人民疾苦，具有现实意义。有《石屏诗集》《石屏词》。

品 鉴

戴诗不喜藻饰，往往用直叙白描的手法抒怀。《夜宿田家》就是典型一例。

诗歌描写的是布衣寒士漂泊四方的凄苦生活。首联“走路歧”“旧征衣”已见漂泊之苦；颔联再写雨中跋涉，“黄泥坂”更见路中困顿；颈联极写自身的怅惘之情；尾联更借“雁飞”，寄托了对故乡亲人的无比思念。全诗纯用白描，朴素真切，读来令人感叹。

雁荡[1]宝冠寺

赵师秀

行向石栏立，清寒不可云。
流来桥下水，半是洞中云。
欲住逢年尽，因吟过夜分[2]。
荡阴当绝顶，一雁未曾闻。

【注释】

①雁荡：山名，分南北雁荡。南在浙江平阳西南；北在乐清东，绝顶有湖，水常年不涸，春归之雁常留宿其间，故名。这里指北雁荡。

②夜分：夜半。

作者信息

赵师秀（1170—1219），南宋诗人。字紫芝，号灵秀，又号天乐。永嘉（今浙江温州）人。是“永嘉四灵”中较出色的诗人。诗学姚合、贾岛，尊姚、贾为“二妙”。有《清苑斋集》。

品 鉴

《雁荡宝冠寺》为诗人隆冬时路经雁荡山宝冠寺所作。“清寒”“年尽”“夜分”……这些意象把我们带入一个寒不堪言的境界，诗人原以为到雁荡山总能听到雁声，结果却相反。

戊辰即事

刘克庄

◉ 题解

宋宁宗开禧二年（1206），宋兵伐金大败，不得已向金乞和。嘉定元年（1208），即夏历戊辰年，和议告成。从此，宋每年向金增纳白银三十万两，细绢三十万匹。诗人此篇即针对令宋人深感耻辱的嘉定和议而写。

诗人安得有青衫，今岁和戎[①]百万缣[②]。
从此西湖休插柳，剩栽桑树养吴蚕[③]。

【注释】

①和戎：指与金人议和。

②缣（jiān）：古代一种质地细软的丝织品。

③吴蚕：品种精良的蚕。

作者信息

刘克庄（1187—1269），字潜夫，号后村居士，莆田（今属福建）人。著述宏富，今存有《后村先生大全集》，其中有诗五千余首、词两百余首。

品鉴

刘克庄一生正直耿介，爱国忧民，却为当时腐朽的南宋朝廷所不容。所以，他的诗里每每流露出愤世嫉俗的情绪。我们从《戊辰即事》中可见一斑。

诗歌从一个生活细节入手：冬去春来，自应脱下棉衣换“青衫”。但朝廷搜刮百万细绢奉金人，青衫“安得”？于是，诗人顺势迸出下面两句：“从此西湖休插柳，剩栽桑树养吴蚕。”这两句意含讥讽，却又写得含蓄委婉。读来虽幽默风趣，却令人倍感心酸。

扬子江

文天祥

◎ 题解

《扬子江》一诗是文天祥从南通搭海船到浙东转往福州去的路上所作。

几日随风北海游，回从扬子大江头。
臣心一片磁针石，不指南方不肯休。

作者信息

文天祥（1236—1283），字履善，一字宋瑞，自号文山，庐陵（今江西吉安）人，宝祐进士（状元），官至丞相，是著名的抗元烈士。有《文山诗集》《指南录》《指南后录》《吟啸集》传世。

品 鉴

作为宋代的状元丞相，文天祥忠于宋室，他身上一股正气为百世传诵，令后人敬仰。

诗的前两句纪行，叙述自己从镇江逃脱，回到长江口的艰险经历。后两句抒情，以“磁针石”比喻忠于宋朝的一片丹心。全诗语言浅近，比喻贴切，字里行间表现出坚定不移的爱国主义精神。

醉歌[1]十首（其五）

汪元量

乱点连声杀六更[2]，荧荧庭燎[3]待天明。
侍臣已写归降表，臣妾佥名谢道清[4]。

【注释】

①醉歌：取其借酒清愁之意。共有十首。

②乱点连声：指战鼓声乱杂，打更声不断传来。杀：结束。六更：古代每夜分五更，宋代宫中更漏较民间短，五更才抵民间四更，故再打一更方开宫门。这里指更声紧密，宫中一派惊惶气氛。

③荧荧：光微弱貌。庭燎：庭中的火炬。

④臣妾：古代妇女对君王称臣妾，谢道清是理宗的皇后，帝㬎的祖母，当时的太皇太后，亦是宫中最尊贵的人物。因屈于元兵之威，以宋室“国母”之尊向元上表乞降，自称“臣妾”。“佥”：同“签”。

湖州歌（其六）

汪元量

◉ 题解

《湖州歌》原共有九十八首，写南宋君臣被元兵押送燕京事。其背景与《醉歌》相同。

北望燕云不尽头①，大江东去水悠悠。
夕阳一片寒鸦外，目断东南四百州②。

【注释】

①“北望”句：五代时石敬瑭把燕云十六州割与契丹，直到北宋统一，这一带仍未入宋版图，其地约当今河北、山西两省北部地区。

②四百州：指宋朝领土。

作者信息

汪元量，生卒年不详，字大有，号水云，钱塘（今浙江杭州）人。原是宋宫廷乐师。元灭宋，随三宫被虏北去，亲身体验亡国败家之痛，写过很多纪实诗篇，后回杭州为道士。有《水云集》《湖山类稿》传世。

品 鉴

国破家亡之时，事事可哀；大厦将倾之日，处处可痛。诗者，史也。后人读之不免有余痛，而况当年亲历者？然而，朝代兴替，沧桑变幻，又有多少统治者能从中汲取教训呢？

出都[1]

元好问

春闺斜月晓闻莺，信马都门半醉醒。
官柳[2]青青莫回首，短长亭[3]是断肠亭。

【注释】

①都：指金朝都城汴梁（今河南开封）。此诗作于元宪宗五年（1255），时诗人重游汴梁，距金亡已二十一年。

②官柳：官道上的杨柳。

③短长亭：古代五里置一亭，称短亭；十里置一亭，称长亭，供行人休憩或饯别。

作者信息

元好问（1190—1257），字裕之，因自号遗山山人，世称元遗山。太原秀容（今山西忻县）人。金宣宗兴定五年（1221）进士。金亡后不仕，以著述为事。他论诗主张天然淳朴，提倡豪放刚健，反对堆砌雕琢、纤弱柔靡的诗风。是金元之际最有成就的诗人。有《遗山集》传世。

品 鉴

整首诗写得委婉凄伤，所有景物织成一片春愁，寄托了诗人对故国深深的思恋之情，不事雕饰而真情自现。

岳鄂王墓[①]

赵孟頫

鄂王坟上草离离[②]，秋日荒凉石兽危[③]。
南渡君臣轻社稷，中原父老望旌旗[④]。
英雄已死嗟何及，天下中分遂不支。
莫向西湖歌此曲，水光山色不胜[⑤]悲。

【注释】

①岳鄂王：岳飞，字鹏举，汤阴（今属河南）人。历官少保兼河南北诸路招讨使，屡败金兵，后被秦桧以“莫须有”罪名杀害。宋孝宗时谥武穆，宁宗时追封鄂王。墓在浙江杭州西湖边栖霞岭下。

②离离：草木繁盛的样子。

③危：高峻貌。

④旌旗：代指南宋军队。

⑤不胜：不尽。

作者信息

赵孟頫（1254—1322），字子昂，号松雪，吴兴（今浙江湖州）人。宋宗室，宋末官真州司户参军。宋亡，元世祖征至朝，历官集贤直学士、翰林学士承旨。元代最享盛名的书画大家，亦以诗文名，惜为书画所掩。所作诗古体仿效陶谢，近体得唐法，尤学杜诗。有《松雪斋集》传世。

品 鉴

以宋室后裔而出仕元朝，其矛盾痛苦、无可奈何之情可以想见。于是为表达故国之思、表达心中之痛，只能借助于题咏古人，无限低回，伤心不已之情，道出了遗民的共同感受。传说当时题咏岳王墓者不下数百首，唯以赵孟𫖯此诗为著名。

挽文山丞相[①]

虞　集

徒把金戈挽落晖[②]，南冠无奈北风吹[③]。

子房[④]本为韩仇出，诸葛宁知汉祚移[⑤]。

云暗鼎湖龙去[⑥]远，月明华表鹤归迟[⑦]。

不须更上新亭[⑧]望，大不如前洒泪时。

【注释】

①文山丞相：即文天祥。

②金戈挽落晖：《淮南子·览冥训》载“鲁阳公与韩构难，战酣，日暮，援戈而抝之，日为之反三舍”。这句话说宋朝仿佛西坠的太阳，灭亡已成定局。文天祥力图恢复，犹如鲁阳挥戈，以延长宋朝国祚。

③南冠：喻囚犯。此指文天祥被囚禁。北风吹：指北方元朝势力南侵。

④子房：即汉时张良。

⑤诸葛：即诸葛亮。以上二句以张良未能复韩、诸葛亮未能复汉，譬文天祥未能挽救宋朝灭亡。祚（zuò）：皇位。

⑥鼎湖龙去：据《史记·封禅书》，黄帝铸鼎荆山下，鼎成，有龙来迎，黄帝乘龙上天而去。后人因名其地为鼎湖，以鼎湖龙飞指皇帝死去。此句谓宋末帝投海死，宋亡。

⑦华表鹤归：《搜神后记》载，辽东人丁令威学道灵虚山，后化鹤归

家乡，止于城门华表柱上。有少年举弓欲射之，鹤乃飞，回翔空中而言曰：“有鸟有鸟丁令威，去家千年今始归。城郭如故人民非，何不学仙冢累累？”这句话说迟迟不见文天祥英魂来归。

⑧新亭：在今江苏南京南。《世说新语·言语》载，晋南渡，朝中才彦每至美日，辄相会新亭。有一次，周侯（颢）突然感叹说：“风景不殊，正自有河山之异。”皆相顾流泪。丞相王导愀然变色说：“当共勠力王室，克复神州，何至作楚囚相对！”

作者信息

虞集（1272—1348），字伯生，号道园，世称邵庵先生。四川仁寿人，侨居崇仁（今属江西）。元大德年间以荐授大都路儒学教授，历任多种官职。他的诗苍劲老到、端严齐整，七律学杜甫，又以文章知名。有《道园学古录》传世。

品鉴

汉人在元朝做官，难免有故国之思，又不能直抒胸臆，故借古人杯酒浇胸中块垒。

全诗句句用典，巧妙地概括出文天祥力挽危亡不成，被俘不屈殉节的一生，也真实地表露了诗人自己怀念故国的悲凉沉痛的心情。

归舟

揭傒斯

◉ 题解

诗作于元仁宗延祐七年（1320），时揭傒斯官应奉翰林文字同知制诰，谒告在家，该年春赴庐陵访友毕，乘舟顺赣江而下，返家乡丰城。

汀洲[①]春草遍，风雨独归时。
大舸[②]中流下，青山两岸移。
鸦啼木郎庙，人祭水神祠[③]。
波浪争掀舞，艰难久自知。

【注释】

①汀洲：水中小洲。

②舸：船。

③木郎庙、水神祠：均为乡村民间私祀的神庙。

作者信息

揭傒斯（1274—1344），字曼硕，号贞文，龙兴富州（今江西丰城）

人。元延祐初以荐授翰林国史院编修。被后人称为“元诗四大家”之一，诗风清丽婉转，有李白之风，近体诗尤著名。有《揭文安公集》传世。

品 鉴

一船顺流直下，两岸青山不断掠过船舷，回家的喜悦之情由斯可见，在动态中包蕴自然静穆之美。读了此诗你有没有一种“人在画中行”的感受？是不是想到李白诗——“两岸青山相对出”？

燕姬曲[1]

萨都剌

燕京[2]女儿十六七，颜如花红眼如漆。
兰香[3]满路马尘飞，翠袖笼鞭娇欲滴。
春风澹荡[4]摇春心，锦筝银烛高堂深。
绣衾[5]不暖锦鸳梦，紫帘垂雾天沉沉。
芳年谁惜去如水，春困著人[6]倦梳洗。
夜来小雨润天街[7]，满院杨花飞不起[8]。

【注释】

①题一作《杨花曲》，为乐府旧题。燕姬：燕地女子。

②燕京：指元大都，今北京。

③兰香：指女子身上散发的香气。

④澹荡：舒缓荡漾。

⑤绣衾：绣了花纹的被子。衾，大被。

⑥著人：使人。

⑦“夜来”句：用韩愈《早春呈水部张十八员外》“天街小雨润如酥”。天街，京城的街道。

⑧“满院”句：暗喻女子容貌衰老，盛时已过，隐用道潜《口占绝句》“禅心已作沾泥絮，不逐春风上下狂”诗意。

作者信息

萨都剌（约 1307—1359 后），字天锡，号直斋，以回鹘人徙居雁门（今山西代县）。泰定四年（1327）进士，为元代著名诗人。他的诗长于言情，清丽委婉。词作风格豪迈，独步一时。有《雁门集》传世。

品鉴

此诗用南朝乐府民歌体，通过外形的描摹和心理活动的揭示，辅以暗示、象征等手法，层层深入，揭示了燕姬内心复杂的情感，含蓄而不露。犹如白居易之《琵琶行》，可谓“同是天涯沦落人”。盖伤人者，自伤也。

三

盛极一时的宋元古文

SHENGJI YISHI DE SONGYUAN GUWEN

在六朝隋唐时期，中国的文章曾经以骈文为主。骈文就是基本上由对偶句构成的文章，与此相反，不追求对偶，甚至故意破坏对偶，使句式参差不齐的文章被叫作“古文”。中唐的韩愈、柳宗元领导了古文运动，使古文开始取代骈文的主流地位。到宋代，通过欧阳修等人的努力，古文完全成为文言文的主流。但骈文也没有从此消失，至清代时还出现了骈文复兴的气象。所以，从历史上看，除了六朝隋唐的骈文时代，其前的先秦两汉，和之后的宋元，都是古文的时代，两个古文时代相距颇远，人们的用语习惯很不一样，因此有的评论家把后者叫作“新古文”。这种新古文开始于中唐的古文运动，而成熟于北宋作家之手，代表人物就是“唐宋八大家”：唐代的韩愈、柳宗元，北宋的欧阳修、苏洵、曾巩、王安石、苏轼、苏辙。南宋和元代的古文作家越来越多，但都没有像八大家那样受人关注，这不是因为他们写得不好，而是因为适合这种文体的表现手法都已经在他们之前被成熟地运用过了，使他们不能分享创造之功。

创造之功要归属于中唐和北宋的作家，比较而言，中唐韩、柳的古文还比较难读，而从欧阳修开始，语言平易、笔调流畅成为宋文的基本风格。不但如此，除正规的议论、记叙、碑志之外，北宋作家还大量写作了书信、题跋、随笔等篇幅简短、形式自由的小品文，其中最杰出的代表人物当然是苏轼。这种小品文对后世散文的影响，即便从五四运动以后的白话文中也可以看得出来。

黄州新建小竹楼记

王禹偁

◎ 题解

王禹偁信服儒家政治理想，关心国家和人民的命运，把自己的文集题作《小畜集》，表示有“兼济天下”之志。他不满晚唐五代的浮靡文风，其散文言之有物，清丽疏朗，在宋初文坛上独树一帜。《黄州新建小竹楼记》以韵致超绝的笔调，记述所造的竹楼，抒写了自己悠闲自适的贬谪生活。

黄冈之地多竹，大者如椽，竹工破之，刳[①]去其节，用代陶瓦，比屋皆然，以其价廉而工省也。

子城[②]西北隅，雉堞[③]圮毁，蓁莽荒秽，因作小楼二间，与月波楼[④]通。远吞山光，平挹江濑，幽阒辽敻[⑤]，不可具状。夏宜急雨，有瀑布声；冬宜密雪，有碎玉声。宜鼓琴，琴调和畅；宜咏诗，诗韵清绝；宜围棋，子声丁丁然；宜投壶，矢声铮铮然。皆竹楼之所助也。

公退之暇，被鹤氅衣[⑥]，戴华阳巾[⑦]，手执《周易》一卷，焚香默坐，消遣世虑。江山之外，第见风帆沙鸟、烟云竹树而已。待其酒力醒，茶烟歇，送夕阳，迎素月，亦谪居之胜概也。

彼齐云[8]、落星[9]，高则高矣；井干[10]、丽谯[11]，华则华矣。止于贮妓女，藏歌舞，非骚人之事，吾所不取。

吾闻竹工云：“竹之为瓦，仅十稔[12]，若重覆之，得二十稔。”噫！吾以至道乙未岁，自翰林出滁上；丙申，移广陵；丁酉，又入西掖；戊戌岁除日，有齐安[13]之命；己亥闰三月，到郡。四年之间，奔走不暇，未知明年又在何处，岂惧竹楼之易朽乎？幸后之人与我同志，嗣而葺之[14]，庶[15]斯楼之不朽也。

咸平二年八月十五日记。

【注释】

①刳（kū）：剖开，挖空。

②子城：附属于大城的小城。

③雉堞：城墙的泛称。

④月波楼：楼名，在黄冈西北城上。

⑤阒（qù）：幽沉寂静。敻（xiòng）：远，辽阔。

⑥被鹤氅（chǎng）衣：披上鸟羽做成的裘衣。被，通“披”，披着。

⑦华阳巾：道士所戴的头巾。

⑧齐云：齐云楼，唐代建筑。

⑨落星：落星楼，在今南京东北。

⑩井干：井干楼，汉武帝刘彻所建。

⑪丽谯：丽谯楼，魏武帝曹操所建。

⑫稔（rěn）：谷熟为“稔”，谷一年一熟，故一稔即一年。

⑬齐安：即黄州齐安郡。

⑭嗣而葺之：继续修缮竹楼。嗣，继承，继续。葺，修缮。

⑮庶：希望。

品　鉴

一座荒山僻壤的小竹楼有什么值得一记呢？原来，古人吟咏景物的诗文无一例外是为了言志。那些生动描写竹楼外幽静深远的环境和竹楼内怡然自适的谪居生活的文字，无非是为了显示作者宽广的胸怀。至于文末列举古时的种种名楼，并对建造者的骄奢淫逸生活进行否定，更鲜明地表现出自己不同于达官贵人的超然淡泊的气度和志向。文中含而不露的政治失意和身居僻壤的感慨，就像一坛陈年老酒，要细斟慢酌方能品出其中滋味。

丰乐亭记

欧阳修

◉ 题解

丰乐亭建于琅琊山风景名胜区丰山东北麓的幽谷中，这里依山傍水，古木参天，风景秀丽。欧阳修命人在此疏泉筑池，辟地建亭。泉名“丰乐泉”，亭名“丰乐亭”，取“岁物丰成”“与民同乐”之意，后又写下此文。

修既治滁[①]之明年，夏，始饮滁水而甘。问诸滁人，得于州南百步之近。其上则丰山，耸然而特立；下则幽谷，窈然[②]而深藏；中有清泉，滃然[③]而仰出。俯仰左右，顾而乐之，于是疏泉凿石，辟地以为亭，而与滁人往游其间。

滁于五代干戈之际，用武之地也。昔太祖皇帝，尝以周师破李景[④]兵十五万于清流山下，生擒其将皇甫晖、姚凤于滁东门之外，遂以平滁。修尝考其山川，按其图记，升高以望清流之关，欲求晖、凤就擒之所，而故老皆无在也，盖天下之平久矣。自唐失其政，海内分裂，豪杰并起而争，所在为敌国者，何可胜数？及宋受天命，圣人出而四海一。向之凭恃险阻，铲削消磨[⑤]，百年之间，漠然徒见山高而水清。欲问其事，而遗老尽矣。今滁介江淮之间，舟车商贾、四方宾客之所不至，民生不见外事，而安于畎亩[⑥]衣食，以乐生送死。而孰知上之功德，休养生息，涵煦[⑦]于百年之深也。

修之来此，乐其地僻而事简，又爱其俗之安闲。既得斯泉于山谷之间，乃日与滁人仰而望山，俯而听泉，掇[⑧]幽芳而荫乔木，风霜冰雪，刻露[⑨]清秀，四时之景无不可爱。又幸其民乐其岁物之丰成，而喜与予游也。因为本其山川，道其风俗之美，使民知所以安此丰年之乐者，幸生无事之时也。

夫宣上恩德，以与民共乐，刺史之事也。遂书以名其亭焉。

【注释】

①修既治滁：庆历五年（1045）八月，欧阳修被贬知滁州。

②窈然：幽深的样子。

③滃然：水势盛大的样子。

④李景：即李璟，南唐中主。

⑤铲削消磨：指凭险称霸之人已被消灭或投降后老死。

⑥畎亩：田间，田地。畎，田间小沟。

⑦涵煦：惠恩泽，施教化。

⑧掇：拾。

⑨刻露：指秋冬之景清楚地显露出来。

品 鉴

这是一篇游记，人称《醉翁亭记》的姊妹篇。文章着意于山水，却在字里行间流露出作者的复杂情感。他紧扣“丰乐”两字，追记北宋开国之功，今昔对比，忧深而思远。欧阳修因为受到诬陷，被贬知滁州。在滁州两年多的时间里，秀美的山水开阔了他的胸襟，因此他虽身处逆境，却又能在逆境中褪尽伤感。“修之来此，乐其地僻而事简，又爱其俗之安闲”“又幸其民乐其岁物之丰成”，时值丰年，政通人和，欧阳修“与民共乐”的政治理想在文中清晰可见。

木假山记

苏 洵

◎ 题解

据史料记载，苏洵祖上因五代之乱，多隐居山泽，故累世不显。苏洵本人“少不喜学”，直到二十七岁才开始发奋读书。后屡试不第，常年在家闭门读书。直到后来得欧阳修推崇，才以文章著称于世。这种历尽曲折、最终获得成功的人生经历，与树木摆脱种种厄运而被制成假山的遭遇是何等相似！因此写下了这篇《木假山记》。

木之生，或蘖而殇[①]，或拱[②]而夭；幸而至于任为栋梁，则伐；不幸而为风之所拔，水之所漂，或破折或腐；幸而得不破折不腐，则为人之所材，而有斧斤[③]之患。其最幸者，漂沉汩没于湍沙之间[④]，不知其几百年，而其激射啮食之余，或仿佛于山者，则为好事者取去，强之以为山，然后可以脱泥沙而远斧斤。而荒江之溃[⑤]，如此者几何？不为好事者所见，而为樵夫野人[⑥]所薪者，何可胜数？则其最幸者之中，又有不幸者焉。

予家有三峰。予每思之，则疑其有数[⑦]存乎其间。且其蘖而不殇，拱而不夭，任为栋梁而不伐；风拔水漂而不破折不腐，不破折不腐而不为人之所材，以及于斧斤，出于湍沙之间，而不为樵夫野人之所薪，而后得至乎此，则其理似不偶然也。

然予之爱之，则非徒爱其似山，而又有所感焉；非徒爱之，而又有所敬焉。予见中峰，魁岸踞肆[8]，意气端重，若有以服[9]其旁之二峰。二峰者，庄栗[10]刻削，凛乎不可犯，虽其势服于中峰，而岌然决无阿附[11]意。吁！其可敬也夫！其可以有所感也夫！

【注释】

①蘖：树木的嫩芽，此做动词，犹萌发、抽枝。殇：未成年而死。

②拱：指树有两手合围那般粗细。

③斤：斧头。

④汩（gǔ）没：沉没。湍：急流。

⑤渍（fén）：水边高地。

⑥野人：村野之人，农民。

⑦数：指非人力所能及的偶然因素，即命运，气数。

⑧魁岸：强壮高大的样子。踞肆：傲慢放肆，这里形容“中峰”神态高傲舒展。踞，同“倨”。

⑨服：佩服，这里用为使动，使……服。

⑩庄栗：庄重谨敬。

⑪岌然：高耸的样子。阿附：曲从依附。

作者信息

苏洵（1009—1066），字明允，自号老泉，眉州眉山（今属四川）人。北宋散文家。与其子苏轼、苏辙合称“三苏”。著有《嘉祐集》等。

品 鉴

文章从木假山的形成过程写起。先说树木生长成材很不容易，而成材后还要遭受斧伐、风拔、水漂等无法预测的折磨，历经风化侵蚀而成木假山，那是不幸之中有大幸。再写作者爱其家中收藏的三峰木假山，不只是因其似山可供人赏玩，更因其中峰意气端重，左右二峰庄严刻削，凛乎不可犯，犹如他们苏氏父子的人格。

本文在咏木假山的背后蕴含着作者对人才问题的深沉的感喟与思考。树木的坎坷遭际实际上是隐喻当时社会上人才遭受到的压抑与摧残。苏洵一生政治抱负未能得到施展，于是在文中托物寓意，咏物抒怀，借题发挥，以不幸中有大幸的木假山为喻，抒发了自己郁郁不得志而又不愿与世浮沉，力图自立的思想感情。文中对三峰的爱敬，乃作者自颂"三苏"父子的人格，具象生动，寄慨遥深，耐人寻味。

同学一首别子固

王安石

◎ 题解

王安石既是见识高远、眼光敏锐的政治家，又是北宋文坛上少数几个成就可观的大诗人和散文巨子。曾巩、孙侔和王安石三人在青年时代是志同道合的好友，王安石二十三岁时作此文，不仅歌颂了三人之间的君子之交，又充满着互相勉励鞭策的真挚之情，表达了"以天下为己任"的雄心大志。与他后来的多数散文以斩截峭劲为特色不同，这篇文章显得从容安闲，娓娓而道，具有一种淳雅雍容的风味，在王文中别具一格。

江之南有贤人焉，字子固[①]，非今所谓贤人者，予慕而友之。淮之南有贤人焉，字正之[②]，非今所谓贤人者，予慕而友之。二贤人者，足未尝相过[③]也，口未尝相语也，辞币[④]未尝相接也。其师若友，岂尽同哉？予考其言行，其不相似者，何其少也！曰：学圣人而已矣。学圣人，则其师若友，必学圣人者。圣人之言行，岂有二哉？其相似也适然[⑤]。

予在淮南，为正之道子固，正之不予疑也。还江南，为子固道正之，子固亦以为然。予又知所谓贤人者，既相似，又相信不疑也。

子固作《怀友》一首遗予，其大略欲相扳[6]以至乎中庸[7]而后已。正之盖亦尝云尔。夫安驱徐行，輷[8]中庸之庭，而造于其室[9]，舍二贤人者而谁哉？予昔非敢自必其有至也，亦愿从事于左右焉尔，辅而进之，其可也。

噫！官有守，私有系[10]，会合不可以常也。作《同学一首别子固》，以相警，且相慰云。

【注释】

①子固：宋代文学家曾巩字。

②正之：即作者的友人孙侔，生平不详。

③过：拜访，交游。

④辞：指往来的书信。币：帛，古人常以此作为相互赠送的礼品。此代指相互问候的书信及馈赠之物等。辞币未尝相接，犹云素昧平生，不相往来。

⑤适然：即宜然，犹言理所当然。

⑥相扳：扳同“攀”，援引，即相互切磋、纠正之意。

⑦中庸：语出《礼记·中庸》，儒家奉行的道德标准，指以真诚的内心修养把握纷繁复杂的外界事物。

⑧輷（lìn）：车轮碾过，此意为通过。

⑨造：往，到。室：古代住宅结构，开门见庭院，然后入室。这里指使自己得到更深的道德修养。

⑩私有系：私人的事务。

品 鉴

人总少不了交友，以谁为友却人各不同。曾巩和孙侔是王安石的两位朋友，这两位朋友未曾相互拜访、交谈，或互致书信礼物，也没有共同的老师，却成了朋友，为什么呢？“学圣人而已矣”。可见，真正意义上的“同学”、朋友在于同道，在于“同学于圣人”，而不在形迹上曾否相对、相语、相接，是共同的志趣爱好把三个年轻人紧密地联系了起来。这种朋友关系，比一般意义上的朋友关系要高尚得多，牢靠得多。

方山子传

苏轼

◎ 题解

传记文学在我国文学史上独树一帜，占有重要的地位。史传作家自不必说，一些著名的散文家也给后代留下了不少脍炙人口的篇章。《方山子传》是苏轼创作的为数不多的传记之一，以独特的风格塑造了一位不汲汲于富贵、超尘脱俗的隐者形象。

方山子[①]，光、黄间[②]隐人也。少时慕朱家、郭解[③]为人，闾里之侠皆宗之。稍壮，折节[④]读书，欲以此驰骋当世，然终不遇。晚乃遁于光、黄间，曰岐亭。庵居蔬食，不与世相闻。弃车马，毁冠服，徒步往来山中，人莫识也。见其所著帽，方屋[⑤]而高，曰："此岂古方山冠[⑥]之遗象乎？"因谓之方山子。

余谪居于黄，过岐亭，适见焉。曰："呜呼！此吾故人陈慥季常也，何为而在此？"方山子亦矍然[⑦]，问余所以至此者。余告之故。俯而不答，仰而笑，呼余宿其家。环堵萧然[⑧]，而妻子奴婢皆有自得之意。

余既耸然异之。独念方山子少时，使酒好剑，用财如粪土。前十有九年[⑨]，余在岐山，见方山子从两骑，挟二矢，游西山。鹊起于前，使骑逐而射之，不获。方山子怒马独出，一发得之。因与余马上论用兵及古今成败，自谓一世豪士。今几日耳，精悍之色，犹见于眉间，而岂山中之人哉？

然方山子世有勋阀⑩，当得官，使从事于其间，今已显闻。而其家在洛阳，园宅壮丽，与公侯等；河北有田，岁得帛千匹，亦足以富乐。皆弃不取，独来穷山中，此岂无得而然哉？

余闻光、黄间多异人，往往阳狂⑪垢污，不可得而见，方山子傥⑫见之欤？

【注释】

①方山子：即陈慥，字季常，作者的友人。

②光、黄间：光州（今河南潢川）、黄州（今湖北黄冈）之间。

③朱家、郭解：汉代著名游侠，守信义，以替人排忧解难为己任，事迹详见《史记·游侠列传》。

④折节：改变原来的志节和行为。

⑤方屋：方顶帽。

⑥方山冠：汉代祭祀宗庙时乐师戴的帽子。唐宋时多为隐者所戴。

⑦矍（jué）然：惊讶相视的样子。

⑧环堵萧然：家徒四壁。形容家中清贫冷落。

⑨前十有九年：指作者与陈慥相识到写此文，正好十九年。

⑩勋阀：功臣的门第。

⑪阳狂：同“佯狂”，装疯。

⑫傥：或者。

品鉴

细节描写是人物描写的重要手法之一，高明的细节描写对表现人物性格、塑造人物形象往往起到举重若轻、以一当十的作用。文章写到作者贬谪黄州，过岐亭和方山子不期而遇，当他了解到作者之“所以至此者”，只是“俯而不答，仰而笑”。这个细节可谓经典。在这种近乎“狂”的神态背后，蕴含着不可言说的丰富内容。这一声笑，是大彻大悟的笑，抑或是对作者追逐官场终遭厄运的善意嘲笑，还是对自己隐居不仕，因而不再遭此命运的会心微笑？这一俯一仰、笑而不答的细节描绘，胜过千言万语，实乃传神之笔，使人如见其人，如闻其声，足见作者艺术手法之高明，堪称写作范例。

五岳祠盟记

岳飞

◎题解

宋高宗建炎三年（1129），金兵渡江南侵，岳飞在广德、宜兴奋力抵抗。后一年，金人再攻常州，岳飞率军应战，四战告捷，并一鼓作气收复了建康。本文大约就是在作者行军途中，题在五岳祠（神祠名）壁间的誓词（即盟记），文辞慷慨，表露出作者高度的爱国思想和消灭敌人、恢复中原的决心。

自中原板荡[①]，夷狄交侵，余发愤河朔[②]，起自相台[③]，总发[④]从军，历二百余战。虽未能远入荒夷[⑤]，洗荡巢穴，亦且快国仇之万一[⑥]。今又提一旅孤军，振起宜兴，建康之城，一鼓败虏，恨未能使[⑦]匹马不回耳！

故且养兵休卒，蓄锐待敌，嗣[⑧]当激励士卒，功期再战，北逾沙漠，蹀血[⑨]虏廷，尽屠夷种。迎二圣归京阙，取故地上版图，朝廷无虞[⑩]，主上奠枕[⑪]，余之愿也。

河朔岳飞题。

【注释】

①板荡：指政局混乱、社会动荡不宁。

②河朔：黄河以北的地区。

③相台：相州，今河北临漳。

④总发：即刚成年。古时男子年二十束发加冠，表示成年。

⑤荒：僻远的地方。夷：古时对东部各民族的泛称，这里指金国。

⑥亦且快国仇之万一：总算也报了国仇的万分之一。

⑦恨：遗憾，可惜。未能使：后面省略了“敌”字。

⑧嗣：随即。

⑨蹀血：踩踏捣毁。

⑩无虞：没有忧虑。

⑪奠枕：安枕。

作者信息

岳飞（1103—1142），字鹏举，相州汤阴（今属河南）人，南宋著名爱国将领。二十四岁从军为宗泽部下，屡建战功，声名大噪。后遭秦桧诬陷，以“莫须有”罪名，赐死于大理狱中。孝宗时追谥武穆，宁宗时追封鄂王。有《岳武穆集》。

品鉴

岳飞自从军以来，一直以收复北宋的河山作为自己毕生的使命。无论是他的词《小重山》《满江红》，还是这篇《五岳祠盟记》，都是明证。他又绝非一般文人的纸上谈兵，空表忠心，而是戎马生涯，出生入死，“余发愤河朔，起自相台，总发从军，历二百余战”，一方面表露了强烈的爱国热情、收复河山的坚强意志，同时也抒发了自己虽历经二百余战，而壮志还未能实现的遗憾。

岳飞不屈于命运，仍要表述心迹，文章结尾处接连而出的铿锵誓词，如山洪暴发，不可遏止，抒发了这位民族英雄、爱国将领的一腔忠诚、碧血丹心，至今仍然唤起我们心中崇高的爱国激情，值得一读。

书巢记

陆 游

◎ 题解

陆游不但善作诗，同样也善文，而诗文之才源于他爱读书。这一点从他的书斋名便可知，他有藏书楼，名“双清堂”“书巢”“老学庵”。据载他离开蜀地归家时，出峡不载一物，所有钱财“尽买蜀书以归”。本文借用汉赋常用的问答方式写出“书巢”命名的含义。主客问答饶有趣味。

陆子既老且病，犹不置[①]读书，名其室曰书巢。客有问曰：“鹊巢于木，巢之远人者；燕巢于梁，巢之袭[②]人者。凤之巢，人瑞之[③]；枭[④]之巢，人覆之。雀不能巢，或夺燕巢，巢之暴者也；鸠不能巢，伺鹊育雏而去，则居其巢，巢之拙者也。上古有有巢氏[⑤]，是为未有宫室之巢。尧民之病水[⑥]者，上而为巢，是为避害之巢。前世大山穷谷中，有学道之士，栖木若巢，是为隐居之巢；近时饮家者流[⑦]，或登木杪，酣醉叫呼，则又为狂士之巢。今子幸有屋以居，牖户墙垣，犹之比屋也，而谓之巢，何耶？”

陆子曰：“子之辞辩矣，顾[⑧]未入吾室。吾室之内，或栖于椟，或陈于前，或枕藉于床，俯仰四顾，无非书者。吾饮食起居，疾痛呻吟，悲忧愤叹，未尝不与书俱。宾客不至，妻子不觌[9]，而风雨雷雹之变有不知也。间有意欲起，而乱书围之，如积槁枝，或至不得行，则辄自笑曰：‘此非吾所谓巢者耶？’”乃引客就观之。客始不能入，既入又不能出，乃亦大笑曰：“信乎其似巢也。”客去，陆子叹曰：“天下之事，闻者不如见者知之为详，见者不如居者知之为尽。吾侪未造夫道之堂奥[10]，自藩篱[11]之外而妄议之，可乎？”因书以自警。

淳熙九年九月三日，甫里陆某务观记。

【注释】

①置：放弃。

②袭：近。

③瑞之：把它当作吉祥的征兆。

④枭：一种猛禽，古人视为不祥之鸟，所以要掀翻其巢。

⑤有巢氏：传说中为人类创建居住巢穴的古代帝王。

⑥病水：传说尧的时代人们对洪水泛滥很伤脑筋。

⑦饮家者流：泛指狂饮酗酒者。

⑧顾：只是。

⑨觌（dí）：见。

⑩堂奥：房屋正中偏前的厅堂之中。此处指道的精微之处。

⑪藩篱：指环绕房屋之外，以竹木编成的屏障。此处指道之外围、表层。

品 鉴

本文表面上写作者自己的书房，其实是借写书房来阐发“闻者不如见者知之为详，见者不如居者知之为尽”的道理。“书以自警”，同时也警示他人，不要“未造夫道之堂奥，自藩篱之外而妄议之”。

市隐斋记

元好问

◉ 题解

请名人为一斋室作文，是中国文人常见的一种做法。元好问此文据说是为一个遁居长安闹市的隐士娄公而写的。没有具体的描写，通过一问一答，表示了作者对假隐士的批判态度。

吾友李生为予言："予游长安，舍于娄公所。娄，隐者也，居长安市三十年矣。家有小斋，号曰市隐，往来大夫士多为之赋诗，渠欲得君作记。君其以我故为之。"

予曰："若知隐乎？夫隐，自闭①之义也。古之人隐于农、于工、于商、于医卜、于屠钓②，至于博徒、卖浆、抱关吏、酒家保③，无乎不在。非特深山之中，蓬蒿之下，然后为隐。前人所以有大小隐之辨④者，谓初机之士⑤，信道未笃，不见可欲，使心不乱⑥，故以山林为小隐；能定能应⑦，不为物诱，出处⑧一致，喧寂两忘，故以朝市为大隐耳。以予观之，小隐于山林，则容或有之，而在朝市者未必皆大隐也。自山人⑨索高价之后，欺松桂而诱云壑⑩者多矣，况朝市乎？今夫干没氏⑪之属，胁肩⑫以入市，叠足以登垄断⑬，利嘴长距⑭，争捷求售，以与佣儿贩夫血战于锥刀之下⑮。悬羊头，卖狗脯，盗跖行，伯夷语[16]，曰：‘我隐者也。’而可乎？敢问娄之所以隐，奈何？”

曰：“鬻书以为食，取足而已[17]，不害其为廉；以诗酒游诸公间，取和而已[18]，不害其为高。夫廉与高，固古人所以隐也，子何疑焉？”

予曰：“予得之矣，予为子记之。虽然，予于此犹有未满焉者。请以韩伯休[19]之事终其说。伯休卖药都市，药不二价，一女子买药，伯休执价不移。女子怒曰：‘子韩伯休邪？何乃不二价？’乃叹曰：‘我本逃名，乃今为儿女子所知！’弃药径去，终身不返。夫娄公固隐者也，而自闭之义，无乃与伯休异乎？言，身之文也[20]，身将隐，焉用文之？是求显也，奚以此为哉？予意大夫士之爱公者强为之名耳，非公意也。君归，试以吾言问之。”

贞祐丙子[21]十二月日，河东元某记。

【注释】

①自闭：自己主动地与世俗隔绝。

②医卜：秦时琅邪人安期生以卖药为生，西汉时蜀郡严遵以占卜为业，皆隐居不仕。屠钓：据说太公吕望未遇周文王时，曾在朝歌屠牛，渭水钓鱼。

③博徒：赌徒。卖浆：卖酒的人家。抱关吏：看守城门的役吏。酒家保：酒店的佣工。据《史记·魏公子列传》，战国时，赵国隐士毛公和薛公曾分别隐迹于赌徒之中和卖酒人家，魏国隐士侯嬴曾为大梁夷门关吏。《汉书·栾布传》载，栾布曾做过酒家保。

④大小隐之辨：大隐指隐居于朝廷或闹市的人，小隐指隐居于山林的人。

⑤初机之士：这里指刚学道的人。

⑥“不见”二句：语出《老子》。是说只有不去看那些会引起欲望的东西，才能避免心乱。

⑦能定能应：能定，指内心坚定，能把握自己；能应，指能够从容应付世事的搅扰。

⑧出处：出仕和隐居。

⑨山人：指遁居山林的隐士。唐人李渤曾隐居于少室山，朝廷两次召他出山做官，他都不肯。韩愈《寄卢仝》诗：“少室山人索价高，两以谏官征不起。”

⑩欺松桂而诱云壑：用孔稚圭《北山移文》语。这是讽刺那些借隐居山林来钓取名利的人，简直把自然风物都欺骗了。

⑪干没氏：指与世沉浮、追逐私利的人。

⑫胁肩：缩起肩膀，形容献媚的样子。

⑬叠足：脚踩着脚，形容小人急于图利的情状。垄断：高地。《孟子·公孙丑下》说，商人做交易时，为了左右观望便于获取高利的货物，“必求垄断而登之”。

⑭利嘴长距：指喙利爪长的猛禽，比喻竞争手段的厉害。距，本指鸡爪。

⑮佣儿贩夫：佣工和小贩。锥刀：指锥刀之利，比喻微小的利益。

⑯盗跖行，伯夷语：盗跖，相传为春秋时期的大盗，旧时以其为邪恶的代表。伯夷，商朝孤竹君的长子，周灭商后，遁首阳山，不食周粟而死，旧时以其为高尚守节的典型。

⑰鬻（yù）：卖。取足而已：只求够维持生活罢了。

⑱取和而已：只求与世无争、与人和睦相处罢了。

⑲韩伯休：东汉时隐士，名康。

⑳言，身之文也：言，言谈，这里泛指文章和言论；身之文，身体的文饰。

㉑贞祐丙子：金宣宗（完颜珣）贞祐四年（1216）。

品鉴

古人所谓“上士忘名，中士立名，下士窃名”。千百年来窃名之徒何代无之？争名于朝、争利于市，翩翩云中一只鹤，飞去飞来宰相衙，偏要假“隐逸”“山居”之名。既隐何必求名？作者对那些名为隐士实为沽名钓誉之徒进行了揭露。

尚志斋说

虞集

◎ 题解

虞集是元代著名的大学者，这是他为学生黄济的书斋题字后，又应黄济的要求，就题“尚志”二字而写的一篇论说文，意在勉励自己的学生。谈“尚志”容易流为说教，然虞集却能娓娓道来，以事喻理，精简透辟。

亦尝观于射乎？正鹄者，射者之所志也。于是良尔弓，直尔矢，养尔气，蓄尔力，正尔身，守尔法而临之。挽必圆，视必审，发必决，求中乎正鹄而已矣。正鹄之不立，则无专一之趣向，则虽有善器、强力，茫茫然将安所施哉？况乎弛焉以嬉，熳焉以发①，初无定的，亦不期于必中者，其君子绝之，不与为偶，以其无志也。

善为学者，苟知此说，其亦可以少警矣乎！夫学者之欲至于圣贤，犹射者之求中夫正鹄也。不以圣贤为准的而学者，是不立正鹄而射者也。志无定向，则泛滥茫洋无所底止。其不为妄人者几希！此立志之最先者也。

既有定向，则求所以至之之道焉，尤非有志者不能也。是故从师取友，读书穷理，皆求至之事也。于是平居无事之时，此志未尝慢也；应事接物之际，此志未尝乱也；安逸顺适，志不为丧；患难忧戚，志不为慑；必求达吾之欲至而后已。此立志始终不可渝者也。

是故志苟立矣，虽至于圣人可也。昔人有言曰："有志者，事竟成[②]。"又曰："用志不分，乃凝于神[③]。"此之谓也。志苟不立，虽细微之事，犹无可成之理，况为学之大乎！昔者夫子以生知天纵之资，其始学也，犹必曰志[④]，况吾党小子之至愚极困者乎？其不可不以尚志为至要至急也，审矣。

今大司寇之上士浚仪黄君之善教子也，和而有制，严而不离。尝遣济也受业于予。济也请题其斋居以自励，因为书"尚志"二字以赠之。他日暂还其乡，又来求说。援笔书所欲言，不觉其烦也。济也，尚思立志乎哉！

【注释】

①弛焉以嬉，嫚焉以发：弛，放松弓弦；嫚，同"慢"。这里是说射箭者漫不经心的态度。

②有志者，事竟成：语出《后汉书·耿弇传》。

③用志不分，乃凝于神：《庄子·达生》引孔子语。

④夫子：这里指孔子。生知：不待学而知。《论语·季氏》："孔子曰：生而知之者，上也。"天纵：上天所使。《论语·子罕》："太宰问于子贡曰：'夫子圣者与？何其多能也？'子贡曰：'固天纵之将圣，又多能也。'"其始学也，犹必曰志：《论语·为政》："子曰：'吾十有五而志于学。'"

品 鉴

古今之人都强调立志，然俗语谓“无志之人常立志，有志之人志常立”，关键在“尚志”。有了志向且不为外物所动，持之以恒，行者常至，为者常成，终有成功的一天。

四

异军突起的元曲

YIJUN TUQI DE YUANQU

本是流行歌曲的词，经南宋词人之手，越来越走向高雅，而北方金朝统治区内，则渐渐流行起一种新的音乐，叫“北曲”，到元代发展至极盛。与这种“北曲”相配的歌词，称为“元曲”，有散曲和杂剧两种。散曲包括单支曲子的小令和若干曲子组成的套曲，杂剧则是戏曲，即用几个套曲来演唱的戏剧。元杂剧一般每本分为四折，有正末、正旦、净等角色。散曲的成就不低，杂剧当然更受关注，而且名家名作迭出，其中关汉卿、马致远、郑光祖、白朴被称为“元曲四大家”。

跟词一样，元曲的发展也呈现了渐渐走向高雅的趋势，但也有一些作家更愿意保持其通俗的风格，以充分展现其生动、泼辣的原始面目。尤其是在杂剧中，唱词、念词要跟各种人物的身份相适应，风格就不能单调，演出时要让观众听懂，大体上不能不倾向于通俗。所以，跟后世越来越显得高雅、精致的戏曲相比，元杂剧更多地具有“活文学”的特色。

古人崇尚诗、古文，对于词曲比较看不起。用现代的文学观念来研究元曲在历史上的来龙去脉，始于近代的学者，其中王国维的《宋元戏曲考》是一部经典的学术名著。

感天动地窦娥冤（第三折）

关汉卿

◎ 题解

《感天动地窦娥冤》是关汉卿的代表作。大概情节是：穷秀才窦天章因无力偿还高利贷，将自己的女儿窦娥典押给蔡婆做童养媳。成婚后不久，窦娥成为寡妇。恶棍张驴儿企图霸占窦娥，想用毒药毒死蔡婆，不料却毒死了自己的父亲。州官接受了张驴儿的贿赂，诬陷窦娥以杀人之罪，判处斩首。刑场上，窦娥发出三桩誓愿，指责“天”“地”不公。三年后，窦天章任肃政廉访使，奉命核查楚州案件，窦娥的冤案才得以昭雪。这里节选的第三折是全剧的高潮，写行刑的经过。

（外[①]扮监斩官上，云）下官监斩官是也。今日处决犯人，着做公的[②]把住巷口，休放往来人闲走。（净扮公人[③]，鼓三通、锣三下科[④]。刽子磨旗[⑤]、提刀，押正旦带枷上）（刽子云）行动些[⑥]，行动些，监斩官去法场上多时了！（正旦[⑦]唱）

【正宫·端正好[⑧]】没来由犯王法，不提防遭刑宪[⑨]，叫声屈动地惊天！顷刻间游魂先赴森罗殿[⑩]，怎不将天地也生埋怨。

【滚绣球】有日月朝暮悬，有鬼神掌着生死权。天地也，只合把清浊[11]分辨，可怎生糊突了盗跖颜渊[12]：为善的受贫穷更命短，造恶的享富贵又寿延。天地也，做得个怕硬欺软，却原来也这般顺水推船。地也，你不分好歹何为地？天也，你错勘贤愚枉做天！哎，只落得两泪涟涟。

（刽子云）快行动些，误了时辰也。（正旦唱）

【倘秀才】则[13]被这枷扭的我左侧右偏，人拥的我前合后偃，我窦娥向哥哥行[14]有句言。（刽子云）你有甚么话说？（正旦唱）前街里去心怀恨，后街里去死无冤，休推辞路远。

（刽子云）你如今到法场上面，有甚么亲眷要见的，可教他过来，见你一面也好。（正旦唱）

【叨叨令】可怜我孤身只影无亲眷，则落的吞声忍气空嗟怨。（刽子云）难道你爷娘家也没的？（正旦云）止有个爹爹，十三年前上朝取应[15]去了，至今杳无音信。（唱）早已是十年多不睹[16]爹爹面。（刽子云）你适才要我往后街里去，是甚么主意？（正旦唱）怕则怕前街里被我婆婆见。（刽子云）你的性命也顾不得，怕他见怎的？（正旦云）俺婆婆若见我披枷带锁赴法场餐刀[17]去呵。（唱）枉将他气杀也么哥，枉将他气杀也么哥[18]！告哥哥，临危好与人行方便。

（卜儿[19]哭上科，云）天哪，兀的[20]不是我媳妇儿！（刽子云）婆子靠后！（正旦云）既是俺婆婆来了，叫他来，待我嘱付他几句话咱[21]。（刽子云）那婆子，近前来，你媳妇要嘱付你话哩。（卜儿云）孩儿，痛杀我也！（正旦云）婆婆，那张驴儿把毒药放在羊肚儿汤里，实指望药死了你，要霸占我为妻。不想婆婆让与他老子吃，倒把他老子药死了。我怕连累婆婆，屈招了药死公公，今日赴法场典刑。婆婆，此后遇着冬时年节，月一十五，有瀽[22]不了的浆水饭，瀽

半碗儿与我吃；烧不了的纸钱，与窦娥烧一陌儿[23]。则是看你死的孩儿面上！（唱）

【快活三】念窦娥葫芦提当罪愆[24]，念窦娥身首不完全，念窦娥从前已往干家缘[25]。婆婆也，你只看窦娥少爷无娘面。

【鲍老儿】念窦娥伏侍婆婆这几年，遇时节将碗凉浆奠；你去那受刑法尸骸上烈[26]些纸钱，只当把你亡化的孩儿荐[27]。（卜儿哭科，云）孩儿放心，这个老身都记得。天哪，兀的不痛杀我也！（正旦唱）婆婆也，再也不要啼啼哭哭，烦烦恼恼，怨气冲天。这都是我做窦娥的没时没运，不明不暗，负屈衔冤。

（刽子做喝科，云）兀那婆子靠后，时辰到了也。（正旦跪科）（刽子开枷科）（正旦云）窦娥告监斩大人，有一事肯依窦娥，便死而无怨。（监斩官云）你有甚么事？你说。（正旦云）要一领净席，等我窦娥站立；又要丈二白练[28]，挂在旗枪[29]上：若是我窦娥委实冤枉，刀过处头落，一腔热血休半点儿沾在地下，都飞在白练上者。（监斩官云）这个就依你，打甚么不紧[30]。（刽子做取席站科，又取白练挂旗上科）（正旦唱）

【耍孩儿】不是我窦娥罚[31]下这等无头愿，委实的冤情不浅；若没些儿灵圣与世人传，也不见得湛湛[32]青天。我不要半星热血红尘洒，都只在八尺旗枪素练悬。等他四下里皆瞧见，这就是咱苌弘化碧[33]，望帝啼鹃[34]。

（刽子云）你还有甚的说话，此时不对监斩大人说，几时说那？（正旦再跪科，云）大人，如今是三伏天道，若窦娥委实冤枉，身死之后，天降三尺瑞雪，遮掩了窦娥尸首。（监斩官云）这等三伏天道，你便有冲天的怨气，也召不得一片雪来，可不胡说！（正旦唱）

【二煞】你道是暑气暄[35]，不是那下雪天；岂不闻飞霜六月因邹衍[36]？若果有一腔怨气喷如火，定要感的六出冰花[37]滚似绵，免着我尸骸现；要甚么素车白马[38]，断送出古陌荒阡[39]！

（正旦再跪科，云）大人，我窦娥死的委实冤枉，从今以后，着这楚州亢旱三年[40]！（监斩官云）打嘴！那有这等说话！（正旦唱）

【一煞】你道是天公不可期[41]，人心不可怜，不知皇天也肯从人愿。做甚么三年不见甘霖降，也只为东海曾经孝妇冤[42]，如今轮到你山阳县。这都是官吏每[43]无心正法，使百姓有口难言！

（刽子做磨旗科，云）怎么这一会儿天色阴了也？（内[44]做风科，刽子云）好冷风也！（正旦唱）

【煞尾】浮云为我阴，悲风为我旋，三桩儿誓愿明题遍[45]。（做哭科，云）婆婆也，直等待雪飞六月，亢旱三年呵，（唱）那其间才把你个屈死的冤魂这窦娥显！

（刽子做开刀，正旦倒科）（监斩官惊云）呀，真个下雪了，有这等异事！（刽子云）我也道平日杀人，满地都是鲜血，这个窦娥的血都飞在那丈二白练上，并无半点落地，委实奇怪。（监斩官云）这死罪必有冤枉，早两桩儿应验了，不知亢旱三年的说话，准也不准？且看后来如何。左右，也不必等待雪晴，便与我抬他尸首，还了那蔡婆婆去罢。（众应科，抬尸下）

【注释】

①外：角色名。这里是“外末”的省称，扮演老年男子。

②着：命令。做公的：同“公人”。

③净：角色名。一般扮演性格刚烈或粗鲁、奸邪的人物，俗称“花

脸”。公人：官府中的差役。

④科：杂剧剧本中指示角色动作、表情和舞台效果的用语。

⑤磨旗：摇动、挥动旗子。

⑥行动些：快些走。

⑦正旦：角色名，扮演女主角。

⑧正宫：宫调名。杂剧的每一折由同一宫调的若干曲牌联成一套曲子。端正好：和下文的“滚绣球”“倘秀才”“叨叨令”等都是曲牌名。

⑨遭刑宪：触犯刑律。

⑩森罗殿：也称“阎罗殿”。迷信的说法，指的是阴间阎王审案的殿堂。

⑪清浊：是非曲直。

⑫糊突：即糊涂，模糊，分辨不清。盗跖：跖是古代传说中反对贵族统治的领袖，通常被统治者诬为“盗”，所以称为“盗跖”。颜渊：孔子的学生，贫而好学，是古代贤人的典型。这里以他们二人泛指好人和坏人。

⑬则：只。

⑭哥哥行（háng）：哥哥那里。哥哥，对一般男子的客气称呼。行，用在人称代词和名词（主要是表人的名词）之后，表示处所、方位，相当于“……那儿”“……跟前”。

⑮取应：应朝廷考试以取得功名。

⑯睹：看见。

⑰餐刀：吃刀，挨刀。

⑱也么哥：曲中衬字，常用在句尾，无实在意义。多用于“叨叨令”曲牌的叠句。

⑲卜儿：角色名，扮演老妇人。

⑳兀的：指示代词，略同“这”。

㉑咱（zá）：语气词。用在句尾，表示希望听话人同意自己的意见或做某事的场合。

㉒濺（jiǎn）：泼，倒。

㉓一陌儿：旧时祭奠要烧纸钱，一陌儿，即指一百张纸钱。

㉔葫芦提：糊涂，含糊，不明不白，也作“胡芦提”或“胡芦蹄”。罪愆：罪恶，错误，过失。

㉕干家缘：操持家务。

㉖烈：烧。

㉗荐：祭，超度亡灵。

㉘白练：白色绸缎。练，纯白的绢。

㉙旗枪：旗杆顶端的金属装饰物。

㉚打甚么不紧：意思是，有什么要紧，有什么关系。

㉛罚：发。

㉜湛湛：清明。

㉝苌弘化碧：苌弘是周代的忠臣，传说他无辜被害，蜀人将他的血藏起来，三年过后，他的血变成了碧玉。碧，青绿色的玉石。

㉞望帝啼鹃：神话传说，古代蜀王杜宇，号望帝。因水灾让位给他的臣子，自己隐居在山中，痛苦异常。死后，其魂化为杜鹃，日夜悲鸣，啼声凄厉，血出乃止。

㉟暑气暄：极言夏天炎热。

㊱飞霜六月因邹衍：邹衍，战国时燕国的忠臣，燕惠王听信谗言将他囚禁。相传他入狱时仰天大哭，时值夏天，上苍感动，竟然降霜。后人就以“六月飞霜”来比喻冤狱。

㊲六出冰花：指雪花。雪的结晶体通常有六角，所以说“六出”。

㊳素车白马：东汉时，张劭和范式是好朋友，张劭病死，范式乘白

车、白马远道前去吊丧。后人常用“素车白马”表示吊丧或送葬。

㊴断送出：发送，指殡葬。古陌荒阡：人迹罕至的荒郊野外。

㊵楚州：在今江苏淮安、淮阳、盐城一带，治所在山阳县（今江苏淮安）。亢旱：大旱。亢，极。

㊶期：寄以期望。

㊷东海曾经孝妇冤：传说中，汉代东海有一寡妇周青，侍奉婆婆非常孝顺，矢志不嫁。婆婆因年老不愿连累她，自缢身亡。其小姑告周青杀害了婆婆，官府不察，竟判周青死罪。临刑前，周青指着身边的竹竿对人说：“倘若我无罪，血当沿着竹竿往上倒流。”被斩后，血果然沿竹竿倒流，而东海一带三年大旱。后来有于公替她申了冤，天才降雨。事载《汉书·于定国传》。

㊸每：同“们”。

㊹内：后台。

㊺明题遍：明明白白地说完。

作者信息

关汉卿，号已斋叟，大都（今北京）人，又有祁州（今河北安国）人、解州（今山西运城）人诸说。约生于金末，卒于元成宗大德年间。一生主要在大都从事戏曲创作，今知所作杂剧六十余部，现存《窦娥冤》《救风尘》等十余部。其戏剧作品敢于揭露社会黑暗，反对贪官污吏和强权统治，同情下层百姓，歌颂他们的反抗斗争。他是元代前期剧坛的领袖，与郑光祖、白朴、马致远并称“元曲四大家”。作品中人物性格鲜明，曲词当行本色，对元杂剧的发展影响很大。

品 鉴

这一折是全剧的高潮。“滚绣球”一曲借窦娥之口喊出了受压迫者对黑暗现实的强烈不满和愤怒，是对人间统治者和天地鬼神带有普遍意义的控诉，有着震撼人心的艺术感染力，是全剧主旨的集中体现。“三桩誓愿”的显灵，表现出窦娥同黑暗势力抗争的勇气，彰显出正义的力量。这种超现实艺术手法的运用，突出了窦娥之冤确实是惊天地泣鬼神，寄托了作者的美好愿望，增添了作品的浪漫色彩。从语言上看，这一折中无论是曲子还是宾白都十分精彩，体现出作者“当行本色”的艺术功力，以及亦雅亦俗、雅俗兼备的语言特色。王国维先生对此杂剧十分推崇，认为此剧系元杂剧中“最有悲剧之性质者”“即列之于世界大悲剧中，亦无愧色也”（《宋元戏曲考》）。对此评价，或许我们从这一折中即可有所认识。

［南吕］一枝花[1]·不伏老（节选）

关汉卿

【尾】我是个蒸不烂、煮不熟、捶不扁、炒不爆、响当当一粒铜豌豆[2]。恁子弟每[3]，谁教你钻入他锄不断、斫不下、解不开、顿不脱、慢腾腾千层锦套头[4]。我玩的是梁园[5]月，饮的是东京[6]酒，赏的是洛阳花[7]，攀的是章台柳[8]。我也会围棋、会蹴踘[9]、会打围[10]、会插科[11]、会歌舞、会吹弹、会咽作[12]、会吟诗、会双陆[13]。你便是落了我牙、歪了我嘴、瘸了我腿、折了我手，天赐与我这几般儿歹症候[14]，尚兀自[15]不肯休！则除[16]是阎王亲自唤，神鬼自来勾，三魂归地府，七魄丧冥幽。天哪！那其间才不向烟花路儿[17]上走！

【注释】

①南吕：宫调名。一枝花：曲调名，套数首牌。

②铜豌豆：原是青楼勾栏中对老狎客的昵称。这里一语双关，既说自己是个老嫖客，又说自己的性格坚定不屈。

③恁（nèn）：那些。子弟：宋元称妓院的嫖客。每：们。

④锦套头：元曲中常用以比喻妓女笼络嫖客的手腕。

⑤梁园：汉时梁孝王刘武所经营的兔园，他常与宾客游乐其中，后世称为梁园。故址在今河南开封附近。

⑥东京：汉时以洛阳为东京；五代至宋，以汴州（今河南开封）为

东京。

⑦洛阳花：指牡丹。洛阳自唐宋以来就以盛产花而闻名天下，尤以牡丹为最。

⑧章台柳：泛指妓女。章台，汉代长安街名。据传，唐代诗人韩翃（hóng）娶妓女柳氏，后来韩要到外地去做官，便将柳氏安置在长安。三年以后，韩翃对柳氏非常思念，就寄了一首诗给她："章台柳，章台柳，昔日青青今在否？纵使长条似旧垂，也应攀折他人手。"后柳氏为番将沙叱利所夺，几经周折才回到韩翃的身边。

⑨蹴踘：古代的一种踢球游戏。

⑩打围：打猎。

⑪插科：戏剧演员或曲艺演员在表演中插入滑稽动作或诙谐幽默的语言以引人发笑，谓之"插科打诨"，省作"插科"。杂剧演出中经常使用。

⑫咽作：歌唱。

⑬双陆：古代类似下棋的赌博游戏。

⑭歹症候：恶疾。这里指上面提到的那些爱好和技艺。

⑮兀自：还，仍。

⑯则除：即"只除"，意思是唯有，除非。

⑰烟花路儿：指勾栏妓院。

品 鉴

这首套曲是关汉卿带有自传性质的代表作，以上节选的“黄钟尾”，是本套曲中最精彩的部分。曲中作者用第一人称并夸张的口吻，历数了自己诸般“歹症候”，毫不掩饰地描绘出自己的浪子风流本色，淋漓酣畅地表达了愤世嫉俗、誓死不悔的反抗性格和人生态度，也透射出乐观诙谐、不屈不挠的精神力量。联系元初知识分子的艰难处境，我们便不难理解作者的这种放荡颓废有很强的进步意义。在艺术上，这段曲子最大的特点是大量地添加衬字，娴熟地运用排比句、连环句，使人感到一种滔滔不绝、如江似河的流动气势，读起来音韵铿锵、朗朗上口。生动的比喻、泼辣的口语无疑增加了曲子诙谐调侃的味道。

[般涉调] 耍孩儿[1]·借马

马致远

◎ 题 解

马致远的散曲，声调和谐优美，语言清丽豪放，善于吸取民歌养分，长于熔铸诗词意境，提高了曲的格调，成就尤为世人称道，被称为“曲状元”。他的套曲《借马》打破了通常散曲咏景言情的程式，开辟了叙事讽物的蹊径，扩大了散曲创作的题材领域。

近来时买得匹蒲梢[2]骑，气命儿般看承[3]爱惜。逐宵上草料数十番，喂饲得膘息[4]胖肥。但有些秽污却早忙刷洗，微有些辛勤[5]便下骑。有那等无知辈，出言要借，对面难推。

【七煞】懒设设[6]牵下槽，意迟迟[7]背后随，气忿忿懒把鞍来鞴。我沉吟了半晌语不语[8]，不晓事颓人[9]知不知？他又不是不精细，道不得[10]“他人弓莫挽，他人马休骑”。

【六煞】不骑呵西棚下凉处拴，骑时节拣地皮平处骑，将青青嫩草频频的喂。歇时节肚带松松放，怕坐的困尻包儿款款[11]移。勤觑着鞍和辔[12]，牢踏着宝镫，前口儿休提[13]。

【五煞】饥时节喂些草，渴时节饮些水，着皮肤休使粗毡屈[14]。三山骨[15]休使鞭来打，砖瓦上休教稳着蹄[16]。有口话你明明的记：饱时休走，饮了休驰。

【四煞】抛粪时教干处抛，尿绰[17]时教净处尿，拴时节拣个牢固桩橛上系。路途上休要踏砖块，过水处不要践起泥。这马知人义，似云长赤兔[18]，如翼德乌骓[19]。

【三煞】有汗时休去檐下拴，渲[20]时休教侵着颓，软煮料草铡底细[21]。上坡时款把身来耸，下坡时休教走得疾。休道人忒寒碎[22]，休教鞭彫[23]着马眼，休教鞭擦损毛衣。

【二煞】不借时恶[24]了弟兄，不借时反了面皮。马儿行[25]嘱付叮咛记：鞍心马户将伊打，刷子去刀莫作疑[26]。则叹的一声长吁气，哀哀怨怨，切切悲悲。

【一煞】早晨间借与他，日平西盼望你，倚门专等来家内。柔肠寸寸因他断，侧耳频频听你嘶。道一声好去，早两泪双垂。

【尾】没道理，没道理；忒下的[27]，忒下的。恰才说来的话君专记，一口气不违借与了你。

【注释】

①般涉调：宫调名。耍孩儿：曲调名。套曲中的标题，通常要将该套所作宫调以及首曲的调名标出。这里的意思就是，这个套曲使用“般涉调”中的曲调，第一支曲子是“耍孩儿”。

②蒲梢：古代大宛名马。

③气命儿般：像性命一样。看承：看待。

④膘息：膘，指马的腹部；息，原义为呼吸，此借指马的胸部。

⑤辛勤：此指马的劳累。

⑥懒设设：懒洋洋。

⑦意迟迟：慢腾腾。

⑧语不语：想说又没说。

⑨颓人：骂人的话。颓，雄性生殖器。

⑩道不得：难道没听人说过。

⑪尻（kāo）包儿：此指骑马人的屁股。款款：慢慢地。

⑫觑：看。辔（pèi）：套在马头上的嚼子和缰绳。

⑬前口儿休提：意思是套在马嚼子上的缰绳不要用力向上拉。

⑭着皮肤休使粗毡屈：意思是垫在马鞍下贴着皮肤的粗毛毡一定要铺平整。

⑮三山骨：马背靠近尾巴的骨头，又叫“三山股”。

⑯砖瓦上休教稳着蹄：意思是不要让砖瓦碰坏了马蹄。稳，肢体触碰硬物引起不舒服或受损伤。

⑰尿绰：撒尿。

⑱云长赤兔：指三国时关羽的坐骑。关羽，字云长；赤兔，古代名马。

⑲翼德乌骓：指三国时张飞的坐骑。张飞，字翼德；乌骓，古代名马。

⑳渲：此处指替马洗刷。

㉑铡底细：意思是将草料切得细。

㉒忒寒碎：过于寒酸琐碎。

㉓彪（biāo）：挥击、打。

㉔恶：得罪。

㉕马儿行（háng）：在马儿跟前。行，用在人物代词和名词之后，表示处所方位，相当于“在……那儿”“在……跟前”。

㉖“鞍心”两句：意思是，那个成心打你（指马）的人，毫无疑问是

个“驴屌”。这两句是当时勾栏中的行话，叫拆白道字。马户，是“驴”字的拆字；刷子去刀，是“屌”字的拆字。“驴屌”是当时骂人的话。

㉗下的：忍心，也作“下得”。

作者信息

马致远，生卒年不详，号东篱（一说字千里），大都（今北京）人。年轻时仕途不显达，曾做过江浙行省务官（一作江浙省务提举），晚年退出官场，隐逸山林。所作杂剧十五种，现存七种，其中以《汉宫秋》最为知名，艺术成就也最高。因他不满现实，受道教影响很深，所以作品多以神仙道化内容为主，有“马神仙”之称。他是“元曲四大家”之一，声名与关汉卿、郑光祖、白朴并列。

品鉴

一位爱马如命的人，购得一匹好马，十分爱惜。当朋友来借时，不得不借，又不舍得借。作者替马主人代言，或自言自语，或同马说话，或叮嘱朋友，将马主人不愿借马的为难心态刻画得惟妙惟肖。曲中多用口语、俚语，使语言生动、活泼；在马主人琐屑的叮嘱中不乏夸张，夸张中透着幽默，读来令人捧腹。从中可以看出作者有相当丰富的生活经历和语言积累。难怪有人称这支套曲是著名的当行本色之作。

[中吕] 朝天曲[1]

张养浩

⊙ 题解

这首小令是作者辞官归乡时所作。

柳堤，竹溪，日影筛金翠[2]。杖藜徐步近钓矶[3]。看鸥鹭闲游戏。农父渔翁，贪营活计[4]，不知他在图画里。对着这般景致，坐的[5]，便无酒也令人醉。

【注释】

①中吕：宫调名。朝天曲：又名“谒金门”“朝天子”，中吕宫常用曲调。

②日影筛金翠：日光透过树叶缝隙照在地上，好像撒满了金子和翡翠。

③杖藜：持藜茎为杖。这里指扶杖而行。钓矶：钓鱼时所坐的岩石。

④贪营活计：忙着干手头的活儿。

⑤坐的：因此。

作者信息

张养浩（1270—1329），字希孟，号云庄，济南（属今山东）人。元武宗至大年间，拜监察御史，因上疏批评时政被免职。后复官至礼部尚书、参议中书省事。英宗至治元年（1321）弃官归隐。散曲多为归隐田园时所作，因曾身居官场高层，并几经风波，故在大量描写隐居之乐和自然风景的同时，往往能揭露仕途的险恶，同时流露出对民生疾苦的关心。在创作上，能够广泛吸取前代诗人、词人的艺术成就，怀古和写景之作也各具特色。有散曲集《云庄休居自适小乐府》、文集《归田类稿》等。

品鉴

作者为我们展现了一幅“乡野闲适图”：晴朗的天空，柳堤环绕，溪涧淙淙，翠竹盈目，日光透过树叶在大地上铺金撒翠。一位老者拄着藜杖缓步走向钓矶。一个“闲”字，透露出全篇的主基调。柳堤、竹溪、日影、钓矶、鸥鹭、农父、渔翁等人和景，皆因一个“闲”字而显现出情趣，表现出美感。结合张养浩的经历也能看出，这种优雅闲适的生活状态与他曾经经历过的官场险恶形成强烈的对比，是他所向往的。

［中吕］红绣鞋[①]

贯云石

挨着靠着云窗同坐，偎着抱着月枕双歌。听着数着愁着怕着早四更过。四更过情未足，情未足夜如梭[②]。天哪，更闰[③]一更儿妨甚么！

【注释】

①中吕：宫调名。红绣鞋：又名“朱履曲”，曲调名。

②如梭：形容时光过得很快。

③闰：增加。

作者信息

贯云石（1286—1324），原名小云石海涯，号酸斋，又号芦花道人，畏兀儿人。他出身将门，自幼习武，后弃武从文。他的诗、文、书法皆有成就，尤其以散曲闻名，所作散曲内容多以山林隐逸生活和儿女恋情为主，风格豪放清逸。他是元代后期散曲的著名作家，与徐再思（甜斋）齐名，后人将他们的散曲合辑为《酸甜乐府》，现存小令八十六首，套数九套。他还是最早的散曲评论家，曾为《阳春白雪》《小山乐府》作序，在当时很有影响。

品鉴

这是一首写男女幽会情形的小令，初读颇像民间俚曲，写得直白、大胆、活泼、幽默。细读下来，却能发现其中很有些写作技巧和艺术创造。比如，前三句中连用八个“着”，非常别致，具有音乐感：“挨”“靠”“偎”“抱”四个动词，将情人见面时的恩爱情形、甜蜜情状形象地呈现在读者眼前；“听”“数”“愁”“怕”四个字，又把二人沉浸在爱河中时担心时间飞逝那种微妙的心理刻画入微。接下来两句中，顶真格民歌手法的应用，起到了强调作用，加重了对时间短、爱不够这种遗憾心情的表达。最妙是最后一句，既有大胆的想象，也增强了全曲的幽默感，其中“天哪”的呐喊，将全曲推向了高潮。

［南吕］金字经[1]·春晚

张可久

惜花人何处，落红[2]春又残。倚遍危楼十二阑。弹，泪痕罗袖斑。江南岸，夕阳山外山。

【注释】

①南吕：宫调名。金字经：曲牌名，常用于小令，又名“阅金经”“西番经”。

②落红：此指凋谢的花朵。

作者信息

张可久（1280—约1352），字小山，庆元路（今浙江宁波）人。仕途颇不得志。曾漫游江南，放浪于山水间，晚年居杭州。他致力于写散曲，不作杂剧。现存作品有小令八五五首，套数九套，是作品传世数量最多的元散曲作家。作品内容多以吟咏山水风景、抒写放逸情怀为主。风格典雅、清丽、蕴藉，讲究格律音韵，着力于炼字炼句，善于熔铸诗词作法入曲，是元代散曲清丽派作家。

品 鉴

这是一首抒情小令。作者截取了一个生活片段，主人公在暮春时节独处高楼，遍倚栏杆，惜春怀远。她由落花想到春去，由春去引起无限伤感，而心上人的远在他乡更增添了她的无限愁思。寥寥数语中，惜春怀人的凄凉心境表现得婉转细腻。在表现手法上，这首小令很有些北宋小词的味道，读来不禁令人联想起“寸寸柔肠，盈盈粉泪，楼高莫近危栏倚。平芜尽处是春山，行人更在春山外”（欧阳修《踏莎行》）的词句。

五

流派各异的明清诗文

LIUPAI GEYI DE MINGQING SHIWEN

明、清都是中国社会的转型期，经济的发展及其所导致的具有个性自由成分的思想要求，与政治上的独裁、腐朽以及统治集团严酷的思想统治一直处于矛盾之中。明代初期，朱元璋、朱棣父子以高压手段把这种矛盾强压了下去，但自明代中叶起又逐步彰显、尖锐起来。

在文学上，创新和保守的矛盾也很尖锐。体现创新要求的文学虽一再遭到压制和打击，但终于逐步壮大起来。在诗文方面，明代的前后七子、以袁宏道为代表的公安派、清代的袁枚等都曾提出革新的主张，袁宏道、袁枚一系的散文对现代散文的发展起到了明显的积极作用。

书博鸡者事

高　启

博鸡者，袁人[1]，素[2]无赖，不事产业，日抱鸡呼少年博市中。任气好斗，诸为里侠者皆下之[3]。

元至正[4]间，袁有守多惠政，民甚爱之。部使者臧，新贵，将按郡至袁。守自负年德[5]，易之[6]，闻其至，笑曰："臧氏之子也[7]。"或[8]以告臧。臧怒，欲中守法[9]。会袁有豪民尝受守杖，知使者意嗛[10]守，即诬守纳己赇[11]。使者遂逮守，胁服，夺其官。袁人大愤，然未有以报也。

一日，博鸡者遨[12]于市。众知有为[13]，因让[14]之曰："若素名勇，徒能藉[15]贫孱者耳！彼豪民恃其赀[16]，诬去贤使君[17]，袁人失父母。若诚丈夫，不能为使君一奋臂耶？"博鸡者曰："诺。"即入闾左[18]，呼子弟素健者，得数十人，遮[19]豪民于道。豪民方华衣乘马，从群奴而驰，博鸡者直前捽[20]下，提殴之。奴惊，各亡去。乃褫[21]豪民衣自衣，复自策其马，麾众拥豪民马前，反接[22]，徇[23]诸市。使自呼曰："为民诬太守者视此！"一步一呼，不呼则杖，其背尽创[24]。豪民子闻难，鸠[25]宗族童奴百许人，欲要篡[26]以归。博鸡者逆[27]谓曰："若欲死而父[28]，即前斗。否则阖门善俟[29]。吾行市毕，即归若父，无恙也。"豪民子惧遂杖杀其父，不敢动，稍敛众以去。袁人相聚从观，欢动一城。郡录事[30]骇之，驰白[31]府。府佐快其所为，阴纵[32]之不问。日暮，至豪民第门，捽使跪，数之曰："若为民不自谨，冒使君，杖汝，法也；敢用[33]是为怨望，又投间[34]蔑污使君，使罢[35]，汝罪宜死。今姑贷[36]汝，后不善自改，且复妄言，我当焚汝庐、戕汝家矣！"豪民气尽，以额叩地，谢不敢。乃释之。

博鸡者因告众曰："是足以报使君未耶?"众曰："若所为诚快，然使君冤未白，犹无益也。"博鸡者曰："然。"即连楮[37]为巨幅，广二丈，大书一"屈"字，以两竿夹揭之，走诉行御史台[38]。台臣弗为理。乃与其徒日张"屈"字游金陵市中。台臣惭，追受其牒[39]，为复守官而黜臧使者。方是时，博鸡者以义闻东南[40]。

高子[41]曰：余在史馆，闻翰林天台[42]陶先生言博鸡者之事。观袁守虽得民，然自喜轻上，其祸非外至也。臧使者枉用三尺[43]，以仇一言之憾，固[44]贼戾[45]之士哉！第[46]为上者不能察，使匹夫攘袂[47]群起，以伸其愤，识者固知元政紊弛，而变兴自下之渐矣。

【注释】

①袁人：袁州（今江西宜春）人。

②素：平时。

③诸为里侠者皆下之：那些乡里行侠仗义的人都服从他。

④至正：元顺帝年号。

⑤年德：年高德重。

⑥易之：轻视他。

⑦臧（zāng）氏之子也：据《孟子·梁惠王下》，鲁平公欲见孟子，为嬖人臧仓所阻。孟子生气地说："吾之不遇鲁侯，天也，臧氏之子焉能使予不遇哉!"袁守以之相比，语含轻蔑。

⑧或：有人。

⑨欲中守法：想借用法律来陷害袁守。

⑩嗛（xián）：怀恨。

⑪纳己赇（qiú）：接受自己的贿赂。赇，贿赂。

⑫遨：游逛。

⑬有为：有办法，有能力。

⑭让：责备。

⑮藉：践踏，欺凌。

⑯赀：同“资”，财货。

⑰使君：汉时称州郡长官，这里指袁守。

⑱闾左：指贫苦人家聚居处。古代豪富居闾右，贫贱者居闾左。闾，即里门。

⑲遮：遮挡，阻拦。

⑳捽（zuó）：揪。

㉑褫（chǐ）：剥夺。

㉒反接：反绑双手。

㉓徇：示众。

㉔创：伤。

㉕鸠：聚集。

㉖要（yāo）篡：拦截夺取。

㉗逆：迎。

㉘若欲死而父：如果想让你父亲死。死，使……死。而，同“尔”，你。

㉙阖：关。俟：等。

㉚录事：各官府、军府佐吏，两汉郡县有录事掾史，职主文书等事。

省称录事。录事职权历朝有不同，此处指元代录事司的负责人，掌“城中户民之事”、兼管“捕盗之事”。

㉛驰：使劲赶马。白：下对上告诉。

㉜阴：暗地里。纵：放任。

㉝用：因为。

㉞投间：趁机。

㉟使罢：使之罢，让他被罢免。

㊱贷：宽恕，宽免。

㊲楮（chǔ）：纸。楮树皮用以造纸，所以纸也可以称“楮”。

㊳行御史台：设在地区执行御史台职责的官署。这里指江南行御史台，其时设在建康，故下文云“游金陵市中”，即今江苏南京。

㊴牒：这里指状纸。

㊵以义闻东南：因为侠义行为在东南一带闻名。以，因为，凭，介词。

㊶高子：作者自称。

㊷天台：今浙江天台。

㊸枉用三尺：乱用法律。枉，弯曲，与“直”相对。三尺，古代用三尺长的竹简书写法律，因称法律为“三尺法”，也简称“三尺”。

㊹固：本来。

㊺戾：凶暴，狠戾。

㊻第：但。

㊼攘袂：捋起衣袖。

作者信息

高启（1336—1374），字季迪，号青丘子，晚号槎轩，苏州府长洲（今江苏苏州）人。与杨基、张羽、徐贲并称为“吴中四杰”，是明初最有成就的诗人之一。散文也具有清新刚劲之气。其诗集有《缶鸣集》《娄江吟稿》和《姑苏杂咏》，行世的《高太史大全集》为后人所编。文集则由后人编为《凫藻集》（附《扣舷集》词）。

品鉴

惩治豪民、为袁守鸣不平的壮举，使博鸡者的心灵受到一次洗礼，他那原始的“血性之勇”升华为匡扶正义之勇，从而成为“以义闻东南”的义士。文章在揭露吏治腐败的同时，更讴歌了民间的自发反抗，这是其难能可贵之处；同时，作者在组织材料和驾驭语言方面也表现出惊人的能力。

先妣事略[①]

归有光

先妣周孺人[②]，弘治元年二月十一日生。年十六来归。逾年，生女淑静；淑静者，大姊也。期[③]而生有光。又期而生女子：殇[④]一人，期而不育者一人。又逾年，生有尚，妊十二月。逾年，生淑顺。一岁，又生有功。有功之生也，孺人比乳他子加健。然数颦蹙[⑤]顾诸婢曰："吾为多子苦！"老妪以杯水盛二螺进，曰："饮此后，妊不数矣。"孺人举之尽，喑不能言。

正德八年五月二十三日，孺人卒。诸儿见家人泣，则随之泣，然犹以为母寝也。伤哉！于是家人延[⑥]画工画，出二子，命之曰："鼻以上画有光，鼻以下画大姊。"以二子肖母也。孺人讳[⑦]桂。外曾祖讳明；外祖讳行，太学生；母何氏。世居吴家桥，去县城东南三十里。由千墩浦而南，直桥并小港以东，居人环聚，尽周氏也。外祖与其三兄皆以赀[⑧]雄；敦尚简实，与人姁姁[⑨]说村中语，见子弟甥侄无不爱。

孺人之吴家桥，则治木棉；入城，则缉纑[⑩]；灯火荧荧，每至夜分。外祖不二日使人问遗[⑪]。孺人不忧米、盐，乃劳苦若不谋夕。冬月炉火炭屑，使婢子为团，累累暴阶下。室靡弃物，家无闲人。儿女大者攀衣，小者乳抱，手中纫缀不辍，户内洒然。遇[⑫]僮奴有恩，虽至棰楚，皆不忍有后言[⑬]。吴家桥岁致[⑭]鱼蟹饼饵，率人人得食。家中人闻吴家桥人至，皆喜。有光七岁，与从兄有嘉入学。每阴风细雨，从兄辄留，有光意恋恋，不得留也。孺人中夜觉寝，促有光暗诵《孝经》，即熟读，无一字龃龉[15]，乃喜。

孺人卒，母何孺人亦卒。周氏家有羊狗之疴[16]：舅母卒，四姨归顾氏又卒，死三十人而定。唯外祖与二舅存。

孺人死十一年，大姊归王三接[17]，孺人所许聘者也。十二年，有光补学官弟子[18]。十六年而有妇，孺子所聘者也。期而抱女，抚爱之，益念孺人。中夜与其妇泣，追唯一二，仿佛如昨，余则茫然矣。世乃有无母之人，天乎！痛哉！

【注释】

①选自《震川先生集》卷二十五。先妣（bǐ）：已故的母亲。

②孺人：大夫的妻子。明清时期给七品官的母亲或妻子的封号。

③期（jī）：满一年或一月，这里是一年。

④殇：未成年而死。

⑤颦蹙：皱眉头。颦、蹙，都是皱的意思。

⑥延：延请。

⑦讳：避讳，旧时代对当今皇帝或众祖等尊长之名（无论是否活着）不能直呼或径直书写，必须避免，称为“讳”。

⑧赀：同“资”。资财，钱财。

⑨姁姁（xǔ）：和悦的样子。

⑩缉纩：缉，绩，把麻搓捻成线。纩，麻绳。

⑪问遗（wèi）：问候并且送（米、盐等物）。

⑫遇：对待。

⑬虽至棰楚，皆不忍有后言：仆人们即使因犯错而被孺人鞭打，也不

忍心在背后说孺人的不好。

⑭致：送。

⑮龃（jǔ）龉（yǔ）：上下牙齿对不上。这里比喻背诵的东西与书本不符合。

⑯痾（ē）：由家畜传染的疾病，“痾”同“疴”（kē），旧读（ē）。

⑰王三接：人名，曾任河东都转运使。

⑱学官弟子：生员，也就是秀才。

作者信息

归有光（1507—1571），字熙甫，号震川，昆山（今属江苏）人，明代中期重要的文学家。他的抒情散文朴素真挚，善于捕捉日常生活中的细节，颇具感人之力。有《震川先生集》。

品鉴

从十七岁开始，十年之内，生了七个子女，“儿女大者攀衣，小者乳抱，手中纫缀不辍”，却又能做到“室靡弃物”“户内洒然”，而且“遇僮奴有恩”。这样一个女子，却二十六岁便劳苦至死，而“诸儿”竟“犹以为母寝也”，这是怎样的心痛？作者在文末以“世乃有无母之人，天乎！痛哉”结尾，朴素地表达了对母亲的无限依恋和怀念之情。

五 泄[1]

袁宏道

一

越人盛称五泄，然皆闻而知之，陶周望[2]虽极言五泄之好，其实不曾亲见，与我等也。发郡城凡二日至诸暨县，县去五泄尚七十余里，次日始行，一路多顽山，无卷石[3]可入目者。余私念：看山数百里外，敝舟羸马[4]，艰辛万状，今诸山态貌若此，何以偿此路债？周望亦谓乃弟："余辈夸张五泄太过，若尔，当奈中郎笑话何？"独静虚[5]以为不然。顷之，至青口，两山夹天如线，山石玲珑峭削，若叠若镂。数里一壁，潭水滑滑[6]流壁下。一壁上有古木一株，上人云是沉香树，一年一花，猿猱所不到。其他非奇壁，则皆秾花异草，幔[7]山而生，红白青绿，灿烂如锦。映山红有高七八尺者，与他山绝异，因相顾大叫曰："奇哉！得此足偿路债，不怕袁郎轻薄也。"王静虚曰："未也，尔辈遇小小丘壑，便尔张皇[8]如是，明日见五泄，当不狂死耶？"静虚曾习定[9]五泄三年，以是知之极详。余与公望[10]闻之，喜甚，皆跳吼沙石上。缓步十余里，始至五泄僧房。静虚曰："牛羊下矣[11]，五泄留供来日朝餐。"因散步前山，沿溪而行，两山一溪，比青口天尤狭，而奇峭率[12]相类。山形或如炉、如钟鼓、如屏障剑戟，皆拔地而生，溪旁天竹[13]成林。行数里，遇一白须人云：前山有虎。同行者皆心动，寻旧路而归。

二

五泄水石俱奇绝，别后三日，梦中犹作飞涛声，但恨无青莲[14]之诗、子瞻[15]之文，描写其高古渍薄之势，为缺典耳。石壁青削似绿芙蕖，高百余仞，周回若城，石色如水浣净，插地而生，不容寸土。飞瀑从岩颠挂下，雷奔海立，声闻数里，大若十围之玉，宇宙间一大奇观也。因忆《会稽赋》[16]有所谓“五泄争奇于雁荡”者，果尔，雁荡之奇，当复如何哉？暮归，各得一诗，余诗先成，石篑次之，静虚、公望、子公[17]又次之。所目既奇，诗亦变幻恍惚，牛鬼蛇神[18]，不知是何等语。时夜已午，魈[19]呼虎号之声如在床几间，彼此谛观，须眉毛发，种种皆竖，俱若鬼矣。

【注释】

①五泄：在浙江诸暨西六十里的五泄山上，是浙江著名风景区之一。

②陶周望：陶望龄，字周望，号石篑，浙江会稽人。

③卷石：同“拳石”。

④敝舟羸马：破旧的船，瘦弱的马。

⑤静虚：王静虚。

⑥滑滑：形容泉水涌流的样子。

⑦慢：同“漫”。

⑧张皇：惊慌，不知所措，这里有狂喜的意思。

⑨习定：静养。

⑩公望：陶望龄的弟弟陶奭龄，字公望，号石梁。

⑪牛羊下矣：天晚牛羊下山归家，此处即指天晚。《诗经·王风·君子于役》："日之夕矣，羊牛下来。"

⑫率：全、都。

⑬天竹：亦称南天竹，常绿灌木。

⑭青莲：李白。李白自号青莲居士。

⑮子瞻：苏轼，字子瞻。

⑯《会稽赋》：指王十朋《会稽风俗赋》。

⑰子公：方文僎，字子公。

⑱牛鬼蛇神：比喻怪诞。

⑲魈（xiāo）：传说山中的一种怪物。

作者信息

袁宏道（1568—1610），字中郎，号石公，公安（今属湖北）人。明代文学家，与其兄袁宗道、弟袁中道史称"公安三袁"。他文学上主张"独抒性灵，不拘格套"，其诗文多率真自然，不少作品能大胆地表达自己不同于传统的见解，写出自然和人生的美。他的诗文由其弟弟编为《袁中郎先生全集》，今人钱伯城著有《袁宏道集笺校》。

品鉴

两篇短文，其一写了去五泄途中的见闻，先是对五泄不抱过高的期望，后写了青口一带的景色。而对五泄，却引而不发，只是用王静虚的一句“明日见五泄，当不狂死耶”给读者留下悬念和想象。

其二则以生动形象的比喻，描绘了“五泄水石俱奇绝”的壮观景色，以别后“梦中犹作飞涛声”、归来作诗“亦变幻恍惚，牛鬼蛇神”等语，渲染了五泄奇景给作者留下的深刻印象，给人身临其境之感。

登黄榆马陵诸山，是太行绝顶处①

（七言四首之一）

李攀龙

太行山色倚巑岏②，绝顶清秋万里看。
地坼③黄河趋碣石，天回紫塞④抱长安。
悲风大壑飞流折，白日千厓⑤落木寒。
向夕振衣来朔雨⑥，关门萧瑟罢凭栏⑦。

【注释】

①黄榆：即黄榆岭，在河北邢台西北一百六十里。马陵：即马岭，在山西昔阳东南一百里，接邢台地界。太行：山脉名，在山西高原与河北平原间。

②巑岏（cuán wán）：山高锐峻大貌。

③坼（chè）：分开、裂开。

④紫塞：指长城。崔豹《古今注·都邑》：“秦筑长城，土色皆紫，汉塞亦然，故称‘紫塞’焉。”鲍照《芜城赋》：“南驰苍梧涨海，北走紫塞雁门。”

⑤千厓（yá，旧 yái）：山边。

⑥向夕：前几日傍晚。振衣：拂拭抖擞衣服。《楚辞·渔父》：“新沐者必弹冠，新浴者必振衣。”朔雨：北方吹来的雨。

⑦关门：出入的要道、要塞。凭栏：靠着栏杆。

作者信息

李攀龙（1514—1570），字于鳞，号沧溟，历城（今山东济南）人。他与王世贞是明代中期具有重大影响的文学流派“后七子”中最重要的两个人。“后七子”与他们的前辈，以李梦阳与何景明为首的文学流派“前七子”都以“复古”为号召，强调“文必秦汉，诗必盛唐”。其诗文于其死后第三年由王世贞整理刊印为《沧溟集》。

品鉴

这首诗所写的是诗人在太行山脉最高处见到的景色，并不只是对自然的客观摹写，而已渗透了自己的豪情，如“悲风大壑飞流折，白日千崖落木寒”，就具有明显的感情色彩，且以“大壑飞流”“白日千崖”的奇伟，使“悲风”“落木寒”不流于惨戚。末两句则先用左思“振衣千仞冈”的典故表现其高远之志，再以“关门萧瑟”隐喻国势日衰，“罢凭栏”显示心中的悲哀，于写景中透出其与现实的矛盾。

严先生祠[1]

徐　渭

大泽高踪不可寻[2]，古碑祠木自阴阴。
长江万里元无尽，白日千年此一临。
我已醉中巾屡岸[3]，谁能梦里足长禁？
一加帝腹[4]浑闲事，何用傍人说到今。

【注释】

①严先生：严光，字子陵。本姓庄，后人避汉明帝刘庄讳改其姓，东汉初余姚人。少有高名，与刘秀同游学。后归隐富春山（今浙江桐庐境内），耕读垂钓。

②“大泽”句：建武元年（25），刘秀即位，光改名隐居，刘秀思其贤，令绘形貌各地寻访。齐地上书：“有一男子，披羊裘垂钓泽中。”刘秀疑是光，遣使备车三次往请，始至京都洛阳。光仍不肯做官。

③“我已”句：头巾本覆在额上，把帻掀起露出前额，表示态度洒脱不拘束。岸，作动词，拉高、掀起。全句意谓我在酒醉时屡屡掀掉头巾。

④加帝腹：《后汉书·严光传》：“（刘秀）复引光入，论道旧故，相对累日。帝从容问光曰：‘朕何如昔时？’对曰：‘陛下差增于往。’因共偃卧，光以足加帝腹上。明日，太史奏客星犯御座甚急。帝笑曰：‘朕故人严子陵共卧耳。’”

作者信息

徐渭（1521—1593），初字文清，改字文长，号天池山人、青藤道士，山阴（今浙江绍兴）人。他一生坎坷，性格孤傲。无论在诗歌，还是在散文、戏曲方面，他都是晚明文学的先驱。后人所编《徐渭集》收其著作较全。

品鉴

严子陵的许多故事，尤其是“足加帝腹”的传奇事件，一直被后人传说。但是，徐渭却认为：偶然把脚搁在皇帝肚子上，完全是一桩寻常小事，哪里值得大惊小怪，从古说到今？他的理由是：谁能在梦里管住自己的脚？其实，这里有更深的含义：徐渭一向是个叛逆的人，“我已醉中巾屡岸”，分明是把率性而为的思想寄寓在醉态之中；而“浑闲事”三字，则显示了他不把“帝王”“圣人”视为高人一等的思想。这在当时是难能可贵的。

悲歌赠吴季子[1]

吴伟业

人生千里与万里，黯然销魂别而已[2]。
君独何为至于此？
山非山兮水非水，生非生兮死非死。
十三学经并学史，生在江南长纨绮[3]。
词赋翩翩众莫比，白璧青蝇见排诋[4]。
一朝束缚[5]去，上书难自理[6]，
绝塞千山断行李[7]。
送吏[8]泪不止，流人复何倚？
彼尚愁不归，我行定已矣。
八月龙沙雪花起[9]，橐驼[10]垂腰马没耳。
白骨皑皑经战垒，黑河无船渡者几？
前忧猛虎后苍兕[11]，土穴[12]偷生若蝼蚁[13]。
大鱼如山不见尾，张鬐为风沫为雨。
日月倒行入海底，白昼相逢半人鬼。
噫嘻乎悲哉！
生男聪明慎莫喜，仓颉夜哭良有以[14]。
受患只从读书始[15]，君不见，吴季子！

【注释】

①吴季子：吴兆骞（1631—1684），清初诗人。字汉槎，号季子。吴江（今属江苏）人。顺治十四年（1657）举人，因科场案（科举考试作弊案）流放宁古塔（今黑龙江宁安）二十余年。

②黯然销魂别而已：语本江淹《别赋》“黯然销魂者，唯别而已矣”。这里指告别家人与朋友，因而黯然神伤。

③长纨绮：指生长于富贵人家。纨绮，精美的丝织品。

④翩翩：文采貌，曹丕《与吴质书》“元瑜书记翩翩”。白璧青蝇：喻清白而遭谗言诬害。白璧，白玉。青蝇，苍蝇。语本陈子昂《宴胡楚真禁所》诗“青蝇一相点，白璧遂成冤”。

⑤束缚：捆绑，这里指被抓。

⑥难自理：难以给自己分辩。

⑦行李：本意为使者。这里是行人、行客之意。

⑧送吏：押送犯人的吏卒。

⑨八月龙沙雪花起：龙沙，白龙堆沙漠，在今新疆境内，这里代指黑龙江边境。八月飞雪，用岑参《白雪歌》“胡天八月即飞雪”句意。

⑩橐（tuó）驼：骆驼。

⑪兕（sì）：犀牛。

⑫土穴：周辉《南烬纪闻》：“北土极寒，必掘地作穴以居，深五七尺，昼夜伏其中。”

⑬蝼蚁：蝼蛄和蚂蚁。

⑭仓颉夜哭良有以：仓颉，传说中文字的发明者。《淮南子·本经训》：“仓颉作书而天雨粟，鬼夜哭。”良有以，确实有道理。以，因由，缘故。

⑮受患只从读书始：语本苏轼《石苍舒醉墨堂》诗“人生识字忧患始”。

作者信息

吴伟业（1609—1672），字骏公，号梅村，太仓（今属江苏）人。明末就有文名，明亡后任国子监祭酒，后辞职归家。清初著名大诗人。他熟悉音律，擅长度曲填词、杂剧传奇等。但他的诗歌创作成就最大，尤善七律与七言歌行，大量描写沧桑变革之际的重大事件和风流人物，素有“一代诗史”之称。

品鉴

清朝顺治十四年（1657），发生了一起科场舞弊案，清廷要借此立威并笼络失意的士人，遂以酷法严处，不少人无辜遭祸，吴兆骞就是其中的一个。吴伟业为此写下这首感人肺腑的诗。

诗歌开头就点出离别是人生一大痛事，但却没有像多数离别诗那样铺写离别场面，而是笔锋一转：“君独何为至于此？”

吴北骞“词赋翩翩”，然而“白璧青蝇”，流放边疆。于是诗歌的后半部极写流放地的环境险恶，与诗人的出身、才华和人品形成强烈的对比。读之令人“黯然销魂”！“受患只从读书始”，读书竟与受患联系在一起，正是由于统治者的残暴统治造成的。

全诗情感真挚深沉，如泣如诉，对吴兆骞所蒙受的冤屈和遭受的苦难寄予了深切的同情，并透露了对清朝残暴统治的愤慨。

即目[1]

王士禛

苍苍[2]远烟起，槭槭[3]疏林响。
落日隐西山，人耕古原[4]上。

【注释】

①即目：就眼前所见景物为题材作诗，称即目。钟嵘《诗品序》："'思君如流水'，即是即目。"亦称即景。

②苍苍：深青色。

③槭槭：落叶声。

④古原：古老的原田。

作者信息

王士禛（1634—1711），字贻上，号阮亭，别号渔洋山人，新城（今山东桓台）人。顺治进士，官至刑部尚书。主要著作有《带经堂集》和《渔洋诗话》等。于诗歌提倡"神韵说"，要求通过作品所写的景象不着痕迹地形成一种情绪或氛围，以打动读者。论诗推崇盛唐，标举"不着一字，尽得风流"和"羚羊挂角，无迹可求"的意境。

品 鉴

这首小诗一句一景，四句整合起来形成一种萧瑟、凄凉的气氛。

一、二两句，一视觉，一听觉；一远景，一近景。三、四两句写落日景象和人们谋生的艰辛——日暮之际还在古原上耕作。一、二两句的景色本已略见萧索，第三句又通过对时间的描绘给它涂上一层忧郁的色彩，第四句突出人们是在古原上做着艰苦的劳动。所以此诗虽是写诗人所见的当前景色，但却具有丰富的感情内涵。

这，就是王士禛所极力倡导的“神韵”。

咏史

龚自珍

◎ 题 解

这首诗是道光五年（1825）冬作者客居昆山时所作。

金粉东南十五州①，万重恩怨②属名流。
牢盆狎客③操全算，团扇才人踞上游④。
避席畏闻文字狱⑤，著书都为稻粱谋⑥。
田横五百人⑦安在，难道归来尽列侯⑧？

【注释】

①金粉：妇女化妆用品，这里是繁华绮丽的意思。十五州：泛指江浙一带。

②万重恩怨：这里指统治者之间错综复杂的斗争。

③牢盆狎客：盐商的门客，代指一切依附权贵的帮闲幕客。牢盆，本为煮盐器。《史记·平准书》：“愿募民自给费，因官器作煮盐，官与牢盆。”此指盐商。

④团扇才人踞上游：团扇才人，原指东晋王导之孙王珉一类贵族子弟身居高位，手摇白团扇谈兵说理。此句是说当时一批会清谈的文人被推尊为上流。

⑤避席：离开座位，此用作设法回避之意。文字狱：指统治者为迫害知识分子，故意从其著作中摘取字句，罗织罪名。清朝，尤其是雍正、乾隆时代，屡兴文字狱，受祸者极多。

⑥稻粱谋：考虑维持生计。杜甫《同诸公登慈恩寺塔》诗："君看随阳雁，各有稻粱谋。"

⑦田横五百人：秦末田横从兄田儋、田荣起兵反秦，失败后与其徒属五百人逃入海岛。汉高祖刘邦召田横入京，田横未至洛阳三十里，自杀。海岛五百人闻田横死，亦全部自杀。这里比喻抗清义士。

⑧难道归来尽列侯：秦代二十级爵，其最高一级为彻侯。汉承秦制，到武帝时为避武帝刘彻讳改称通侯，又叫列侯。这句话的意思是：田横五百壮士到哪里去了？难道说已归顺，官封列侯了？

作者信息

龚自珍（1792—1841），一名巩祚，字瑟（sè）人，号定庵，浙江仁和（今杭州）人。清朝著名的启蒙思想家和文学家。他的诗文既继承了晚明以来的进步思潮，又与晚清乃至现代的进步思想有相通之处。后人把他的著作辑为《龚自珍全集》。

品 鉴

此诗虽题为《咏史》，实是当时现实的写照。诗里所写的是：在江浙二省的繁荣、富丽地区（这也是当时经济最繁荣、文化最发达的地方），名流之间纠结着无数恩怨。但这些名流已经堕落了。在他们中立于不败之地、最受推崇的是盐商清客和轻薄文人。他们根本不敢接触现实问题，一听到有人谈起政府在不久前对士大夫的血腥镇压就赶快躲开，他们著书只是为了养家活口。这同时也就揭示了这种卑怯的士风实由政府的血腥镇压所造成——文字狱迫使士人走上了不关心现实、只求个人温饱的可悲道路。最后，诗人无限感慨地问道：那些坚持气节、不惜生命、像田横五百壮士那样的人物今天到哪里去了，难道都已屈节降顺、当了列侯？

这首诗既是对现实的深刻批判，又渗透着对改变这种可悲局面的渴望。

度辽将军歌[1]

黄遵宪

闻鸡夜半投袂起，檄告东人我来矣[2]！
此行领取万户侯，岂谓区区不余畀[3]。
将军慷慨来度辽，挥鞭跃马夸人豪。
平时搜集得汉印[4]，今作将印悬在腰。
将军乡者曾乘传，高下句骊踪迹遍[5]。
铜柱铭功白马盟[6]，邻国传闻犹胆颤。
自从弭节驻鸡林[7]，所部精兵皆百炼。
人言骨相应封侯，恨不遇时逢一战[8]。
雄关巍峨高插天，雪花如掌春风颠[9]。
岁朝[10]大会召诸将，铜炉银烛围红毡。
酒酣举白[11]再行酒，拔刀亲割生彘肩[12]。
自言平生习枪法，炼目炼臂十五年。
目光紫电[13]闪不动，袒臂示客如铁坚。
淮河将帅巾帼耳，萧娘吕姥殊可怜[14]。
看余上马快杀贼，左盘右辟谁当前！
鸭绿之江碧蹄馆[15]，坐令万里销烽烟。
坐中黄曾大手笔，为我勒碑铭燕然[16]。
么么鼠子乃敢尔[17]，是何鸡狗何虫豸？

会逢天幸遽贪功，它它籍籍来赴死[18]。
能降免死跪此牌，敢抗颜行聊一试[19]！
待彼三战三北余，试我七纵七擒计[20]。
两军相接战甫交[21]，纷纷鸟散空营逃。
弃冠脱剑无人惜，只幸腰间印未失。
将军终是察吏才，湘中一官复归来[22]。
八千子弟半摧折，白衣迎拜悲风哀[23]。
幕僚步卒皆云散，将军归来犹善饭[24]。
平章古玉图鼎钟，搜箧价犹值千万[25]。
闻道铜山东向倾，愿以区区当芹献[26]。
藉充岁币少补偿，毁家报国臣所愿[27]。
燕云北望尤愤多，时出汉印三摩挲[28]。
忽忆辽东浪死歌，印兮印兮奈尔何[29]！

【注释】

①度辽将军歌：度辽将军，吴大澂（1835—1902），吴县（今江苏苏州）人，金石学家。光绪十八年（1892），吴任湖南巡抚，在湖南购得一枚汉印，其文为“度辽将军”——西汉元凤三年（前78）冬，辽东乌桓反，汉昭帝以中郎将范明友为度辽将军，赴辽东镇压叛乱。此印是否系范明友故物无法确证，但是吴大澂非常兴奋，以为这是自己万里封侯的祥兆。光绪二十年（1894），中日甲午战争爆发，吴大澂遂自请率湘军出关迎战。吴本系书生，不谙军务，却好出大言，又痴信得印之兆，一遇日军，立即溃败，不过十日，牛庄、营口等地连连失守。光绪二十四年（1898），吴被清廷革职。吴大澂因购得“度辽将军”印而自请出师，事甚

荒诞滑稽，故题为“度辽将军歌”。

②闻鸡：用祖逖、刘琨闻鸡起舞的故事。投袂：挥袖而起。东人：指日本侵略军。这两句写吴大澂奋发而起，对敌表示蔑视的态度。

③“岂谓”句：区区，小。畀（bì），给。不余畀，不畀余。这句的意思是：难道小小的万户侯也不给我吗？

④汉印：即“度辽将军”印，吴常系在腰上。

⑤乡：同“向”，以前。乘传：乘坐驿车。高下句骊：即朝鲜，西汉时名句骊，王莽改称下句骊。说“高下句骊”是故意使用语显得滑稽。踪迹遍：光绪十年（1884），吴大澂迁左副都御史，曾随军到过朝鲜，参与击败朝鲜国内金玉均发动的政变。

⑥“铜柱”句：据《清史稿·吴大澂传》记载，光绪十一年（1885），吴大澂曾奉诏与俄国使节勘边界，他根据旧的界图，立碑五座，建铜柱。自篆铭曰：“疆域有表国有维，此柱可立不可移。”于是被俄侵略的土地复归中国。铜柱，国界的标志。白马盟，语出《战国策·魏策》：“今天下之将相会于洹水之上，刑白马而盟之。”

⑦弭节：犹驻节。鸡林：古代指新罗，即朝鲜，后世因为与吉林音近而指吉林。

⑧“人言”二句：吴大澂自以为骨相可以立功封侯，因而自请出征打仗。骨相，骨骼相貌，古时人们认为骨相关系着人的命运。

⑨“雄关”二句：雄关，指山海关。这两句描写雄关风光壮丽，衬托吴大澂当时意气昂扬。

⑩岁朝：农历正月初一。

⑪举白：举杯告尽，即干杯。

⑫生彘肩：生的猪腿。

⑬目光紫电：形容目光锐利。

⑭“淮河”二句：吴大澂率领湘军，轻视淮军，讥讽淮军将领懦怯如妇女。萧娘、吕姥，南朝梁两个怯懦的将军。

⑮碧蹄馆：朝鲜地名。

⑯“坐中”二句：这两句说吴大澂以为胜利在握，准备让军中的人为他勒石纪功。黄曾，吴大澂军中两个文职人员黄自元、曾文钧。勒，刻。燕然，山名，即今蒙古杭爱山。《后汉书·窦宪传》说窦宪大败匈奴之后，“登燕然山，刻石勒功，纪汉威德，令班固作铭”。

⑰“么么”句：小小日本兵竟敢这样侵犯了我们。么么，小。鼠子，比喻日本军。

⑱“会逢”二句：天幸，侥幸。它它籍籍，杂乱的样子。当时日本军已经占领朝鲜，入侵东北。这两句是吴大澂认为日本军不过是偶然天幸就以为有功，而现在他们实际上是乱七八糟地来送死。

⑲“能降”二句：此牌，据《清朝野史大观》：“吴大澂请命出征，兵抵旅顺，首出劝降告示，晓日人以大义，言词可泣可歌。”颜行，前列，前锋。这两句是说，如果敌人能够投降则免其一死，让他们跪在告示牌前，若敢于抗拒前锋，那就试一试吧！

⑳“待彼”二句：三战三北，多次打仗多次失败。七纵七擒，诸葛亮南征孟获，七擒七纵。吴大澂讨日檄文中有“待该夷人三战三北之余，看本大臣七纵七擒之计”之句。

㉑战甫交：两军接战，刚刚开始交锋。甫，刚刚，才。

㉒“将军”二句：吴大澂惨败后，革职留用，四月仍回湘担任湖南巡抚。察吏，即考察官吏，是巡抚的职责。“将军终是察吏才”是讽刺语。

㉓“八千”二句：八千子弟，指随吴出征的湘军子弟。《史记·项羽本纪》载项羽兵败垓下，曰：“籍与江东子弟八千人渡江而西，今无一人还。纵江东父兄怜而王我，我何面目见之?”白衣，丧服，代指湘军阵亡

者的亲属。这两句意思是，吴大澂率领的湘军子弟大半在战场牺牲，他们的家属前来迎接，气氛极为悲哀。

㉔犹善饭：据《史记·廉颇蔺相如列传》载，战国时赵国将领廉颇被罢黜后，赵孝成王想再起用他，派使者前往视廉颇尚可用否。使者还报曰："廉将军虽老，尚善饭。然与臣坐，顷之，三遗矢矣。"谓吴大澂善饭，深怀讽刺意。

㉕平章：品评。箧（qiè）：小箱子。

㉖铜山东向倾：指甲午战败后日本强迫清政府巨额赔款。芹献：犹言微薄的贡献。

㉗岁币：指每年付给日本的赔款。少：稍。以上六句是说，吴大澂的金石宝贝搜集起来也很值钱，他看到战败后国家付出如此巨额的赔款，表示愿意献出自己的家产。

㉘燕云：燕，即幽州；云，即云州。约今河北、山西等地。摩挲：抚摩。

㉙"忽忆"二句：辽东浪死歌，隋炀帝曾不自量力，发大军征辽东、高丽，伤亡惨重。山东人王薄起义，作《无向辽东浪死歌》以发动群众。奈尔何，能对你怎样。这两句的大意是：忽然想起《无向辽东浪死歌》，百姓并不愿意为战争而死，而如此众多的湘中子弟惨死辽东，汉印啊汉印，你本应该是我封侯的征兆，现在却造成如此悲惨的局面，我能对你说什么呢？

作者信息

黄遵宪（1848—1905），字公度，号人境庐主人，广东嘉应州（今广东梅州）人。他主张诗歌革新，所作以五言、七言古体见长，七古笔力尤为雄健。作品中最受推崇的是记述时事、描写异域风光（主要是日本）的诗。有《人境庐诗草》《日本杂事诗》等著作传世。

品 鉴

吴大澂不明世界大势，也不懂当时的实际战争，仅凭一些传统的书本知识就以为可操必胜之券，又得到一枚汉印，认为是封侯之兆，就把关涉国家兴衰的战争视同儿戏，主动请求出兵抗击日军。而政府也居然加以委任，结果自然大败而归。

作者用辛辣的笔法，记写一出让人痛心不已的闹剧，悲愤之思尽在笔端。吴大澂出征前的盲目自信与战时的狼狈形成强烈的对比，产生一种滑稽的喜剧效果；而战后执迷不悟的可笑嘴脸，更深刻反映了晚清封建统治的腐朽。

蝶恋花·出塞

纳兰性德

◉ 题解

这首出塞词，当为纳兰性德于康熙二十一年（1682）八月奉命与副统郎谈等出塞远赴梭龙途中所作，词人时年二十八岁。

今古河山无定据。
画角声中，牧马频来去。
满目荒凉谁可语？
西风吹老丹枫树。

从前幽怨应无数。
铁马金戈[①]，青冢[②]黄昏路。
一往情深深几许？
深山夕照深秋雨。

【注释】

①铁马金戈：谓战事。《新五代史·李袭吉传》："金戈铁马，蹂践于明时。"亦用以形容战士之雄姿。如辛弃疾《永遇乐·京口北固亭怀古》："想当年，金戈铁马，气吞万里如虎。"

②青冢：指汉王昭君墓，在今内蒙古呼和浩特南。传说当地草多白而此处独青，故称。

作者信息

纳兰性德（1655—1685），原名成德，字容若，号楞伽山人，满洲正黄旗人。他“天分绝高”，作词“纯任性灵”，崇尚南唐后主李煜，王国维评价他“北宋以来，一人而已”（《人间词话》）。有《通志堂集》《纳兰词》（又名《饮水词》）。

品　鉴

一个年方二十八的青年词人，奉命出塞，没有抒发建功立业的远大抱负，却以“今古河山无定据”一句开篇，对千古以来的疆土之争所造成的边塞荒凉表达了无限的悲慨，尤其对于在这种争斗中受害深重的以王昭君为代表的女性的悲剧命运更深致哀悼之忱——王昭君以“和亲”之名而被送到匈奴，固然是由这种争斗所造成，还有无数妇女在这种争斗中被杀戮、掳掠，或由于亲属的被害而悲惨地度过自己的一生，所以说“从前幽怨应无数”。

词人所要告诉我们的是：就在这几乎千年不变的“画角声”中，边塞“满目荒凉”，只剩下西风萧瑟中的丹枫树见证着这一切。世代演绎的“金戈铁马”声中，不知夹杂着多少幽怨！对此，我们难道不应该深思吗？

六

日趋成熟的明清戏曲

RIQU CHENGSHU DE MINGQING XIQU

中国的戏曲，在元代盛行的是杂剧（以中原地区的语音与这一地区流行的音乐为基础），到元代后期，南戏（以江南地区的语音与这一地区的音乐为基础）崭露头角；到明代中、后期则盛行传奇（以南戏为主而又吸取杂剧的若干特点所形成）。从元杂剧到元明南戏、明代传奇，戏曲形式日趋成熟，在内容上也有发展；明代汤显祖的《牡丹亭》就是其中最杰出的代表。清初的传奇尚能承明代的余绪，代表作有洪昇的《长生殿》和孔尚任的《桃花扇》。在这以后，传奇就逐渐衰落，到清代后期，京剧形成，并逐渐成为戏曲舞台上的龙头。

然而，杂剧和传奇——尤其是其中的优秀剧本——都具有很高的文学价值，值得我们细细品读。

沉 江[1]

孔尚任

乙酉[2]五月

【锦缠道】［外[3]扮史可法，毡笠[4]急上］［回头望介］望烽烟，杀气重，扬州沸喧；生灵尽席卷[5]，这屠戮，皆因我愚忠不转。兵和将，力竭气喘，只落了一堆尸软。俺史可法率三千子弟，死守扬州，那知力尽粮绝，外援不至。北兵今夜攻破北城，俺已满拚[6]自尽。忽然想起明朝三百年社稷，只靠俺一身撑持，岂可效无益之死，舍孤立之君？故此缒下[7]南城，直奔仪真[8]，幸遇一只报船，渡过江来。［指介］那城阙隐隐，便是南京了。可恨老腿酸软，不能走动，如何是好？［惊介］呀！何处走来这匹白骡，待俺骑上，沿江跑去便了。［骑骡、折柳作鞭介］跨上白骡鞯，空江野路，哭声动九原[9]。日近长安远[10]，加鞭，云里指宫殿。

［副末扮老赞礼[11]背包裹跑上］残年还避乱，落日更思家。［外撞倒副末介］［副末］呵哟哟！几乎滚下江去。［看外介］你这位老将爷好没眼色！［外下骡扶起介］得罪，得罪！俺且问你，从那里来的？［副末］南京来的。［外］南京光景如何？［副末］你还不知么？皇帝老子逃去两三日了。目下北兵过江，满城大乱，城门都关的。［外惊介］呵呀！这等去也无益矣。［大哭介］皇天后土，二祖列宗，怎的半壁江山也不能保住呀！［副末惊介］听他哭声，倒像是史阁

部。［问介］你是史老爷么？［外］下官便是，你如何认得？［副末］小人是太常寺一个老赞礼，曾在太平门外伺候过老爷的。［外认介］是呀！那日恸哭先帝，便是老兄了。［副末］不敢！请问老爷，为何这般狼狈？［外］今夜扬州失陷，才从城头缒下来的。［副末］要向那里去？［外］原要南京保驾，不想圣上也走了。［顿足哭介］

【普天乐】撇下俺断篷船，丢下俺无家犬；叫天呼地千百遍，归无路，进又难前。［登高望介］那滚滚雪浪拍天，流不尽湘累[12]怨。［指介］有了，有了！那便是俺葬身之地。胜黄土，一丈江鱼腹宽展。［看身介］俺史可法亡国罪臣，那容的冠裳而去。［摘帽，脱袍、靴介］摘脱下袍靴冠冕。［副末］我看老爷竟像要寻死的模样。［拉住介］老爷三思，不可短见呀！［外］你看茫茫世界，留着俺史可法何处安放？累死英雄，到此日看江山换主，无可留恋。

［跳入江翻滚下介］［副末呆望良久，抱靴、帽、袍服哭叫介］史老爷呀，史老爷呀！好一个尽节忠臣，若不遇着小人，谁知你投江而死呀！［大哭介］［丑扮柳敬亭[13]，携生忙上］偷生辞狱吏，避乱走天涯。［末扮陈贞慧，小生扮吴应箕[14]，携手忙上］日日争门户，今年傍那家。［生呼介］定兄、次兄，日色将晚，快些走动。［末、小生］来了。［丑］我们出狱，不觉数日，东藏西躲，终无栖身之地。前面是龙潭江岸，大家商量，分路逃生罢！［末］是，是。［见副末介］你这位老兄，为何在此恸哭？［副末］俺也是走路的，适才撞见史阁部老爷投江而死，由不的伤心哭他几声。［生］史阁部怎得到此？［副末］今夜扬州城陷，逃到此间，闻的皇帝已走，跢了跢[15]脚，跳下江去了。［生］那有此事？［副末指介］这不是脱下的衣服、靴、帽么！［丑看介］你看衣裳里面，浑身朱印。［生］待俺认来。［读介］“钦命总督江

北等处兵马内阁大学士兼兵部尚书印”。［生惊哭介］果然是史老先生。［末］设上衣冠，大家哭拜一番。［副末设衣冠介］［众拜哭介］

【古轮台】［合］走江边，满腔愤恨向谁言。老泪风吹面，孤城一片，望救目穿。使尽残兵血战，跳出重围，故国苦恋，谁知歌罢剩空筵。长江一线，吴头楚尾[16]路三千，尽归别姓。雨翻云变，寒涛东卷，万事付空烟。精魂显，大招[17]声逐海天远。

［生拍衣冠大哭介］［丑］阁部尽节，成了一代忠臣。相公不必过哀，大家分手罢！［生指介］你看一望烟尘，叫小生从那里归去？［末］我两人绕道前来，只为送兄过江；今既不能北上，何不随俺南行。［生］这纷纷乱世，怎能终始相依？倒是各人自便罢！［小生］侯兄主意若何？［生］我和敬亭商议，要寻一深山古寺，暂避数日，再图归计。［副末］我老汉正要向栖霞山去，那边地方幽僻，尽可避兵，何不同往？［生］这等极妙了。［末、小生］侯兄既有栖身之所，我们就此作别罢。［拜别介］伤心当此日，会面是何年。［末、小生掩泪下］［生问副末介］你到栖霞山中，有何公干？［副末］不瞒相公说，俺是太常寺一个老赞礼，只因太平门外哭奠先帝之日，那些文武百官，虚应故事；我老汉动了一番气恼，当时约些村中父老，捐施钱粮，趁着这七月十五日，要替崇祯皇帝建一个水陆道场[18]。不料南京大乱，好事难行，因此携着钱粮，要到栖霞山上，虔请高僧，了此心愿。［丑］好事，好事！［生］就求携带同行便了！［副末］待我收拾起这衣服、靴、帽着。［丑］这衣服、靴、帽，你要送到何处去？［副末］我想扬州梅花岭，是他老人家点兵之所，待大兵退后，俺去招魂埋葬，便有史阁部千秋佳城[19]了。［生］如此义举，更为难得。［副末背袍、靴等，生、丑随行介］

【余文】山云变，江岸迁，一霎时忠魂不见，寒食何人知墓田。
［副末］千古南朝作话传，［丑］伤心血泪洒山川。
［生］仰天读罢《招魂》赋[20]，［副末］扬子江头乱暝烟。

【注释】

①选自《桃花扇》第三十八出。《桃花扇》是清代传奇的代表作品。剧本以复社文人侯方域与秦淮名伎李香君悲欢离合的爱情故事为线索，描写了南明亡国的历史悲剧，展现了明清之际广阔的社会生活。

②乙酉：即顺治二年，1645 年。

③外：角色名，这里指扮演史可法者。下文中的“副末”“丑”“生”“末”“小生”等都是角色名。

④毡笠：一种毡做的帽子。

⑤生灵尽席卷：谓扬州城破，军民俱被屠杀。

⑥拚（pàn）：亦作拼，舍弃、不顾惜。

⑦缒（zhuì）下：手握绳索而下。

⑧仪真：今江苏仪征。

⑨哭声动九原：即哭声动地。九原，九州大地。

⑩日近长安远：喻距离京城遥远而不得至。

⑪赞礼：太常寺属下的官，掌宗庙祭祀之职。

⑫湘累：指屈原无罪而投湘水死。史可法要投江自尽，因而想到屈原，即以自比。累，无罪而冤死。

⑬柳敬亭：江苏泰州人，明末著名说书人，人称“柳麻子”。

⑭陈贞慧、吴应箕：陈贞慧，字定生，明末清初散文家。吴应箕，字次尾，明末文学家。两人皆为复社人员。

⑮跢：同“跺”。

⑯吴头楚尾：春秋时为吴、楚两国交界处，泛指长江中下游地区。

⑰大招：《楚辞》中篇名，汉王逸谓为屈原自招其魂之作。此两句意谓史可法精神永在，历久远而不泯。

⑱水陆道场：佛教设斋供佛，请僧人诵经以超度亡灵的一种仪式。

⑲千秋佳城：指墓地。

⑳《招魂》赋：《招魂》是《楚辞》中的一篇，汉王逸谓为宋玉招屈原之魂而作。

作者信息

孔尚任（1648—1718），字聘之，号东塘，别号云亭山人，山东曲阜人。清代杰出的戏剧家，其代表作《桃花扇》，是传奇中较有影响的最后一部作品。

品鉴

《桃花扇》所写，主要是明末侯方域、李香君的爱情故事，史可法在剧中是次要人物。侯、李、史三人虽均实有，但剧中的情节很多出于虚构。在历史上，史可法是兵败后被清兵所杀的，在剧本中改为投江自尽，是为了把史可法写得更符合封建道德对忠臣的要求——他在临死前还不敢对断送江山的皇帝有丝毫指责，而只是责怪自己的无能。但与此同时，此折也写出了在统治集团已整体腐朽的情况下，该集团中力图挽救危局的个别成员的悲剧命运。“古轮台”一曲就很能显示出此类人物的悲愤和无奈。

七

集大成的明清小说

JIDACHENG DE MINGQING XIAOSHUO

小说是明清文学中成就十分突出的门类。长篇小说《三国演义》《水浒传》《西游记》《儒林外史》《红楼梦》等，固然都很杰出，短篇小说也很引人注目，其代表之作为“三言二拍”，即冯梦龙编的《喻世明言》《警世通言》《醒世恒言》和凌濛初编的《初刻拍案惊奇》《二刻拍案惊奇》。

“三言二拍”题材广泛，反映了市井平民的喜怒哀乐，故事情节曲折，很具可读性，在当时就深得普通民众的爱好。

钱秀才错占凤凰俦[①]

冯梦龙

渔船载酒日相随，短笛芦花深处吹。

湖面风收云影散，水天光照碧琉璃。

这首诗是宋时杨备游太湖所作。这太湖在吴郡西南三十余里之外。你道有多少大？东西二百里，南北一百二十里，周围五百里，广三万六千顷，中有山七十二峰，襟带三州。哪三州？苏州、湖州、常州。东南诸水皆归。一名震泽，一名具区，一名笠泽，一名五湖。何以谓之五湖？东通长洲松江，南通乌程霅溪，西通义兴荆溪，北通晋陵滆湖，东通嘉兴韭溪，水凡五道，故谓之五湖。那五湖之水，总是震泽分流，所以谓之太湖。就太湖中，亦有五湖名色，曰：菱湖、游湖、莫湖、贡湖、胥湖。五湖之外，又有三小湖：扶椒山东曰梅梁湖；杜圻之西、鱼查之东曰金鼎湖；林屋之东曰东皋里湖：吴人只称作太湖。那太湖中七十二峰，唯有洞庭两山最大：东洞庭曰东山，西洞庭曰西山。两山分峙湖中。其余诸山，或远或近，若浮若沉，隐见出没于波涛之间，有元人许谦诗为证：

周回万水入，远近数州环。

南极疑无地，西浮直际山。

三江归海表，一径界河间。
白浪秋风疾，渔舟意尚闲。

那东西两山在太湖中间，四面皆水，车马不通。欲游两山者，必假舟楫，往往有风波之险。昔宋时宰相范成大在湖中遇风，曾作诗一首：

白雾漫空白浪深，舟如竹叶信浮沉。
科头宴起吾何敢，自有山川印此心。

话说两山之人，善于货殖，八方四路，去为商为贾，所以江湖上有个口号，叫作“钻天洞庭”。内中单表西洞庭有个富家，姓高名赞，少年惯走湖广，贩卖粮食。后来家道殷实了，开起两个解库，托着四个伙计掌管，自己只在家中受用。浑家金氏，生下男女二人，男名高标，女名秋芳。那秋芳反长似高标二岁。高赞请个积年老教授在家馆谷，教着两个儿女读书。那秋芳资性聪明，自七岁读书，至十二岁，书史皆通，写作俱妙。交十三岁，就不进学堂，只在房中习学女工，描鸾刺凤。看看长成一十六岁，出落得好个女儿，美艳非常。有《西江月》为证：

面似桃花含露，体如白雪团成。眼横秋水黛眉清，十指尖尖春笋。
袅娜休言西子，风流不让崔莺。金莲窄窄瓣儿轻，行动一天丰韵。

高赞见女儿人物整齐，且又聪明，不肯将他配个平等之人，定要拣个读书君子、才貌兼全的配他，聘礼厚薄倒也不论。若对头好时，就赔些妆奁嫁去，也自情愿。有多少豪门富室，日来求亲的，高赞访得他子弟才不压众，貌不超群，所以不曾许允。虽则洞庭在水中央，三州通道，况高赞又是个富家。这些做媒的四处传扬，说高家女子美貌聪明，情愿赔钱出嫁，只要择个风流佳婿。但有一二分才貌的，哪一个不挨风缉缝，央媒说合。说时夸奖得潘安般貌，子建般才。及至访实，都只平常。高赞被这伙做媒的哄得不耐烦了，对那些媒人说道："今后不须言三语四。若果有人才出众的，便与他同来见我。合得我意，一言两决，可不快当!"自高赞出了这句言语，那些媒人就不敢轻易上门。正是：

眼见方为是，传言未必真。
试金今有石，惊破假银人。

话分两头，却说苏州府吴江县平望地方，有一秀士，姓钱名青，字万选。此人饱读诗书，广知今古，更兼一表人才。也有《西江月》为证：

出落唇红齿白，生成眼秀眉清。风流不在着衣新，俊俏行中首领。
下笔千言立就，挥毫四坐皆惊。青钱万选好声名，一见人人起敬。

钱生家世书香，产微业薄，不幸父母早丧，愈加零替。所以年当弱冠，无力娶妻，止与老仆钱兴相依同住。钱兴逐日做些小经纪供给家主，每每不敷，一饥两饱。幸得其年游庠，同县有个表兄，住在北门之外，家道颇富，就延他在家读书。那表兄姓颜名俊，字伯雅，与钱生同庚生，都则一十八岁，颜俊只长得三个月，故此钱生呼之为兄。父亲已逝，止有老母在堂，亦未尝定亲。说话的，那钱青因家贫未娶，颜俊是富家之子，如何一十八岁，还没老婆？其中有个缘故：那颜俊有个好高之病，立誓要拣个绝美的女子，方与缔姻，所以急切不能成就，况且颜俊自己又生得十分丑陋。怎见得？亦有《西江月》为证：

面黑浑如锅底，眼圆却似铜铃。痘疤密摆泡头钉，黄发蓬松两鬓。

牙齿真金镀就，身躯顽铁敲成。楂[2]开五指鼓锤能，枉了名呼颜俊。

那颜俊虽则丑陋，最好妆扮，穿红着绿，低声强笑，自以为美。更兼他腹中全无滴墨，纸上难成片语，偏好攀今掉古，卖弄才学。钱青虽知不是同调，却也借他馆地，为读书之资，每事左凑着他。故此颜俊甚是喜欢，事事商议而行，甚说得着。

话休絮烦。一日，正是十月初旬天气。颜俊有个门房远亲，姓尤名辰，号少梅，为人生意行中，颇颇伶俐，也领借颜俊些本钱，在家开个果子店营运过活。其日在洞庭山贩了几担橙橘回来，装作一盘，到颜家送新。他在山上闻得高家选婿之事，说话中间偶然对颜俊叙述，也是无心之谈。谁知颜俊倒有意了，想道："我一向要觅一头好亲事，都不中意。不想这段姻缘却落在那里！凭着我恁[3]般才貌，又有家私，若央媒去说，再增添几句好话，怕道不成？"那日一夜睡不着。天明起来，急急梳洗了，到尤辰家里。

尤辰刚刚开门出来，见了颜俊，便道："大官人为何今日起得恁早?”颜俊道：“便是有些正事，欲待相烦。恐老兄出去了，特特早来。”尤辰道：“不知大官人有何事见委？请里面坐了领教。”颜俊到坐启下，作了揖，分宾而坐。尤辰又道：“大官人但有所委，必当效力，只怕用小子不着。”颜俊道：“此来非为别事，特求少梅作伐。”尤辰道：“大官人作成小子赚花红钱，最感厚意，不知说的是哪一头亲事?”颜俊道：“就是老兄昨日说的洞庭西山高家这头亲事，于家下甚是相宜，求老兄作成小子则个。”尤辰格地笑了一声道：“大官人莫怪小子直言！若是第二家，小子也就与你去说了；若是高家，大官人作成别人做媒罢。”颜俊道：“老兄为何推托？这是你说起的，怎么又叫我去寻别人?”尤辰道：“不是小子推托。只为高老有些古怪，不容易说话，所以迟疑。”颜俊道：“别件事，或者有些东扯西拽，东掩西遮，东三西四，不容易说话。这做媒乃是冰人撮合，一天好事，除非他女儿不要嫁人便罢休；不然，少不得男媒女妁。随他古怪煞，须知媒人不可怠慢。你怕他怎的！还是你故意作难，不肯总成我这桩美事。这也不难，我就央别人去说。说成了时，休想吃我的喜酒!”说罢，连忙起身。

那尤辰领借了颜俊家本钱，平日奉承他的，见他有怫然不悦之意，即忙回船转舵道：“大官人莫要性急，且请坐了，再细细商议。”颜俊道：“肯去说便去，不肯去就罢了，有甚话商量得!”口里虽则是恁般说了，身子却又转来坐下。尤辰道：“不是我故意作难，那老儿真个古怪。别家相媳妇，他偏要相女婿。但得他当面看得中意，才将女儿许他。有这些难处，只怕劳而无功，故此不敢把这个难题包揽在身上。”颜俊道：“依你说，也极容易。他要当面看我时，就等他看个眼饱。我又不残疾，怕他怎的!”尤辰不觉呵呵大笑道：

“大官人，不是冲撞你说。大官人虽则不丑，更有比大官人胜过几倍的，他还看不上眼哩。大官人若不是把与他见面，这事纵没一分二分，还有一厘二厘；若是当面一看，便万分难成了。”颜俊道：“常言‘无谎不成媒’，你与我包谎，只说十二分人才，或者该是我的姻缘，一说便就，不要面看，也不可知。”尤辰道：“倘若要看时，却怎的?”颜俊道：“且到那时，再有商量。只求老兄速去一言。”尤辰道：“既蒙吩咐，小子好歹去走一遭便了。”

颜俊临起身，又叮咛道：“千万，千万！说得成时，把你二十两这纸借契，先奉还了。媒礼花红在外。”尤辰道：“当得，当得!”颜俊别去，不多时，就教人封上五钱银子，送与尤辰，为明日买舟之费。颜俊那一夜在床上又睡不着，想道：“倘他去时不尽其心，葫芦提回复了我，可不枉走一遭！再差一个伶俐家人跟随他去，听他讲甚言语。好计，好计!”等待天明，便唤家童小乙来，跟随尤辰往山上去说亲。小乙去了。颜俊心中牵挂，急忙梳洗，往近处一个关圣庙中求签，卜其事之成否。当下焚香再拜，把签筒摇了几摇，扑地跳出一签，拾起看时，却是第七十三签。签上写得有签诀四句，云：

忆昔兰房分半钗，而今忽把信音乖。
痴心指望成连理，到底谁知事不谐。

颜俊才学虽则不济，这几句签诀，文义显浅，难道好歹不知?求得此签，心中大怒，连声道：“不准，不准!”撒袖出庙门而去。回家中坐了一会，想道：“此事有甚不谐！难道真个嫌我丑陋，不中其意?男子汉须比不得妇人，只是出得人前罢了。一定要选个陈平、潘安不成?”一头想，一头取镜子自照。侧头侧脑的看了一回。良心不昧，自己也看不过了。把镜子向桌上一撇，叹了一口寡气，呆呆而坐，准准地闷了一日。不题。

且说尤辰，是日同小乙驾了一只三橹快船，趁着无风静浪，咿呀地摇到西山高家门首停舶，刚刚是未牌时分。小乙将名帖递了。高公出迎，问其来意。说是与令爱作伐。高赞问："是何宅?”尤辰道:“就是敝县一个舍亲，家业也不薄，与宅上门户相当。此子年方十八，读书饱学。”高赞道:“人品生得如何?老汉有言在前，定要当面看过，方敢应承。”尤辰见小乙紧紧靠在椅子后边，只得不老实扯个大谎，便道:“若论人品，更不必言。堂堂一躯，十全之相;况且一肚文才。十四岁出去考童生，县里就高高取上一名。这几年为丁了父忧[4]，不曾进院，所以未得游庠。有几个老学，看了舍亲的文字，都许他京解之才。就是在下，也非惯于为媒的。因年常在贵山买果，偶闻令爱才貌双全，老翁又慎于择婿，因思舍亲正合其选，故此斗胆轻造。”

高赞闻言，心中甚喜，便道:“令亲果然有才有貌，老汉敢不从命?但老汉未曾经目，终不放心。若是足下引令亲过寒家一会，更无别说。”尤辰道:“小子并非谬言，老翁他日自知。只是舍亲是个不出书房的小官人，或者未必肯到宅上。就是小子撺掇来时，若成得亲事还好，万一不成，舍亲何面目回转!小子必然讨他抱怨了。”高赞道:“既然人品十全，岂有不成之理?老夫生性是这般小心过度的人，所以必要着眼。若是令亲不屑下顾，待老汉到宅，足下不意之中，引令亲来一观，却不妥贴?”尤辰恐怕高赞身到吴江，访出颜俊之丑，急忙转口道:“既然尊意决要会面，小子还同舍亲奉拜，不敢烦尊驾动定。”说罢，告别。高公哪里肯放，忙教整酒肴相款。吃到更余，高公留宿。尤辰道：“小舟带有铺陈，明日要早行，即今奉别。等舍亲登门，却又相扰。”高公取舟金一封相送。

尤辰作谢下船。次早顺风，拽起饱帆，不够大半日就到了吴江。颜俊正呆呆地站在门前望信，一见尤辰回家，便迎住问道：“有劳老兄往返，事体如何?”尤辰把问答之言，细述一遍。“他必要面会，大官人如何处置?”颜俊默然无言。尤辰便道：“暂别再会。”自回家去了。颜俊到里面，唤过小乙来，问其备细，只恐尤辰所言不实。小乙说来，果是一般。颜俊沉吟了半晌，心生一计，再走到尤辰家，与他商议。不知说的是什么计策？正是：

为思佳偶情如火，索尽枯肠夜不眠。
自古姻缘皆分定，红丝岂是有心牵。

颜俊对尤辰道：“适才老兄所言，我有一计在此，也不打紧。”尤辰道：“有何好计?”颜俊道：“表弟钱万选，向在舍下同窗读书。他的才貌比我胜几分儿。明日我央及他同你去走一遭，把他只说是我，哄过一时。待行过了聘，不怕他赖我的姻事。”尤辰道：“若看了钱官人，万无不成之理。只怕钱官人不肯。”颜俊道：“他与我至亲，又相处得极好。只央他点一遍名儿，有甚亏他处！料他决然无辞。”说罢，作别回家。

其夜，就到书房中陪钱万选夜饮，酒肴比常分外整齐。钱万选愕然道：“日日相扰，今日何劳盛设?”颜俊道：“且吃三杯，有小事相烦贤弟则个，只是莫要推故。”钱万选道：“小弟但可效劳之处，无不从命。只不知甚么样事?”颜俊道:“不瞒贤弟说,对门开果子店的尤少梅,与我作伐,说的女家,是洞庭西山高家。一时间夸了大口,说我十分才貌。不想说得忒[5]高兴了,那高老定要先请我去面会一会,然后行聘。昨日商议,若我自去,恐怕不应了前言。一来少梅没趣,二来这亲事就难成了。故此要劳贤弟认了我的名色,同少梅一行,瞒过那高老,玉成这头亲事,感恩不浅,愚兄自当重报。”钱万选想了一想,道:“别事犹可,这事只怕行不得。一时便哄过了,后来知道,你我都不好看相。”颜俊道:“原只要哄过这一时。若行聘过了,就晓得也何怕他?他又不认得你是什么人。就怪也只怪得媒人,与你什么相干!况且他家在洞庭西山,百里之隔,一时也未必知道。你但放心前去,倒不要畏缩。”钱万选听了,沉吟不语。欲待从他,不是君子所为;欲待不从,必然取怪,这馆就处不成了,事在两难。颜俊见他沉吟不决,便道:“贤弟,常言道:‘天塌下来,自有长的撑住。’凡事有愚兄在前,贤弟休得过虑。”钱万选道:“虽然如此,只是愚弟衣衫褴褛[6],不称仁兄之相。”颜俊道:“此事愚兄早已办下了。”是夜无话。

次日,颜俊早起,便到书房中,唤家童取出一皮箱衣服,都是绫罗绸绢,时新花样的翠颜色,时常用龙涎庆真饼熏得扑鼻之香,交付钱青行时更换。下面净袜丝鞋,只有头巾不对,即时与他换了一顶新的。又封着二两银子,送与钱青道:“薄意权充纸笔之用,后来还有相酬。这一套衣服,就送与贤弟穿了。日后只求贤弟休向人说,泄漏其事。今日约定了尤少梅,明日早行。”钱青道:“一依尊命。这衣服小弟暂时借穿,回时依旧纳还。这银子一发不敢领了。”颜俊道:“古人车马轻裘,与朋友共,就没有此事相劳,那几件粗衣奉与贤弟穿了，不为大事。这些须薄意，不过表情，辞时反教愚兄惭愧。”钱青道：“既是仁兄盛情，衣服便勉强领下，那银子断然不敢领。”颜俊道：“若是贤弟固辞，便是推托了。”钱青方才受了。

颜俊是日约会尤少梅。尤辰本不肯担这干纪，只为不敢得罪于颜俊，勉强应承。颜俊预先备下船只，及船中供应食物和铺陈之类，又拨两个安童服侍，连前番跟去的小乙，共是三人。绢衫毡包，极其华整。隔夜俱已停当，又吩咐小乙和安童，到彼只当自家大官人称呼，不许露出个“钱”字。过了一夜，侵早就起来催促钱青梳洗穿着。钱青贴里贴外，都换了时新华丽衣服，行动香风拂拂，比前更觉标致：

分明荀令留香去，疑是潘郎掷果回。

颜俊请尤辰到家，同钱青吃了早饭，小乙和安童跟随下船。又遇了顺风，片帆直吹到洞庭西山。天色已晚，舟中过宿。次日早饭过后，约莫高赞起身，钱青全柬写颜俊名字拜帖，谦逊些，加个“晚”字。小乙捧帖，到高家门首投下，说：“尤大舍引颜宅小官人特来拜见!”高家仆人认得小乙的，慌忙通报。高赞传言快请。假颜俊在前，尤辰在后，步入中堂。高赞一眼看见那个小后生，人物轩昂，衣冠济楚，心下已自三分欢喜。叙礼已毕，高赞看椅上坐。钱青自谦幼辈，再三不肯，只得东西昭穆坐下。高赞肚里暗暗欢喜：“果然是个谦谦君子。”坐定，先是尤辰开口，称说前日相扰。高翁答言多慢，接口就问道：“此位就是令亲颜大官人？前日不曾问得贵表。”钱青道：“年幼无表。”尤辰代言：“舍亲表字伯雅。伯仲之伯，雅俗之雅。”高赞道：“尊名尊字，俱称其实。”钱青道：“不敢。”高赞又问起家世。钱青一一对答，出词吐气，十分温雅。高赞想道：“外才已是美了，不知他学问如何？且请先生和儿子出来相见，盘他一盘，便见有学无学。”献茶二道，吩咐家人：“书馆中请先生和小舍出来见客。”

去不多时，只见五十多岁一个儒者，引着一个垂髫学生出来。众人一齐起身作揖。高赞一一通名：“这位是小儿的业师，姓陈，见在府庠；这就是小儿高标。”钱青看那学生，生得眉清目秀，十分俊雅。心中想着：“此子如此，其姊可知。颜兄好造化哩！”又献了一道茶。高赞便对先生道：“此位尊客是吴江颜伯雅，年少高才。”那陈先生已会了主人之意，便道：“吴江是人才之地，见高识广，定然不同。请问贵邑有三高祠，还是哪三个？”钱青答言：“范蠡、张翰、陆龟蒙[⑦]。”又问：“此三人何以见得他高处？”钱青一一分疏出来。两个遂互相盘问了一回。钱青见那先生学问平常，故意谈天说地，讲古论今，惊得先生一字俱无，连称道：“奇才，奇才！”把一个高赞就喜得手舞足蹈，忙唤家人，悄悄吩咐备饭，要整齐些。家人闻言，即时拽开桌子，排下五色果品。高赞取杯箸安席。钱青答敬谦让了一回，照前昭穆坐下。三汤十菜，添案小吃，顷刻间，摆满了桌子，真个咄嗟而办。

你道为何如此便当？原来高标的妈妈金氏，最爱其女，闻得媒人引颜小官人到来，也伏在遮堂背后张看。看见一表人才，语言响亮，自家先中意，料高老必然同心，故此预先准备筵席，一等吩咐，流水地就搬出来。宾主共是五位。酒后饭，饭后酒，直吃到红日衔山。钱青和尤辰起身告辞。高赞心中甚不忍别，意欲攀留数日。钱青哪里肯住？高赞留了几次，只得放他起身。钱青拜别了陈先生，口称承教，次与高公作谢道："明日早行，不得再来告别！"高赞道："仓促怠慢，勿得见罪。"小学生也作揖过了。金氏已备下几色嗄程相送，无非是酒米鱼肉之类，又有一封舟金。高赞扯尤辰到背处，说道："颜小官人才貌，更无他说。若得少梅居间成就，万分之幸。"尤辰道："小子领命。"高赞直送上船，方才分别。当夜夫妻两口，说了颜小官人一夜。正是：

不须玉杵千金聘，已许红绳两足缠。

再说钱青和尤辰，次日开船，风水不顺，直到更深，方才抵家。颜俊兀自秉烛夜坐，专听好音。二人叩门而入，备述昨朝之事。颜俊见亲事已成，不胜之喜，忙忙地就本月中择个吉日行聘。果然把那二十两借契送还了尤辰，以为谢礼。就择了十二月初三日成亲。高赞得意了女婿，况且妆奁久已完备，并不推阻。

日往月来，不觉十一月下旬，吉期将近。原来江南地方娶亲，不行古时亲迎之礼，都是女亲家和阿舅自送上门。女亲家谓之"送娘"，阿舅谓之"抱嫁"。高赞为选中了乘龙佳婿，到处夸扬，今日定要女婿上门亲迎，准备大开筵宴，遍请远近亲邻吃喜酒，先遣人对尤辰说知。尤辰吃了一惊，忙来对颜俊说了，颜俊道："这番亲迎，少不得我自去走遭。"尤辰跌足道："前日女婿上门，他举家都看个够，行乐图也画得出在那里。今番又换了一个面貌，教做媒的如何措辞？好事定然中变！连累小子必然受辱！"颜俊听说，反抱怨起媒人来道："当初我原说过来，该是我姻缘，自然成就。若第一次上门时，自家去了，哪见得今日进退两难！都是你捉弄我，故意说得高老十分古怪，不要我去，教钱家表弟替了。谁知高老甚是好情，一说就成，并不作难。这是我命中注定，该做他家的女婿，岂因见了钱表弟方才肯成！况且他家已受了聘礼，他的女儿就是我的人了，敢道个不字么？你看我今番自去，他怎生发付我？难道赖我的亲事不成？”尤辰摇着头道：“成不得！人也还在他家，你狠到哪里去？若不肯把人送上轿，你也没奈何他！”颜俊道：“多带些人从去，肯便肯，不肯时打进去，抢将回来，告到官司，有生辰吉帖为证，只是赖婚的不是，我并没差处。”尤辰道：“大官人休说满话！常言道：‘恶龙不斗地头蛇。’你的从人虽多，怎比得坐地的，有增无减。万一弄出事来，缠到官司，那老儿诉说，求亲的一个，娶亲的又是一个。官府免不得与媒人诘问。刑罚之下，小子只得实说。连累钱大官人前程干系，不是耍处。”

颜俊想了一想道：“既如此，索性不去了，劳你明日去回他一声，只说前日已曾会过了，敝县没有亲迎的常规，还是从俗送亲罢。”尤辰道：“一发成不得。高老因看上了佳婿，到处夸其才貌。那些亲邻专等亲迎之时，都要来厮认。这是断然要去的。”颜俊道：“如此，怎么好？”尤辰道：“依小子愚见，更无别策。只得再央令表弟钱大官人走遭。索性哄他到底。哄得新人进门，你就靠家大了，不怕他又夺了去。结婚之后，纵然有话，也不怕他了。”颜俊顿了一顿，只道：“话倒有理！只是我的亲事，倒作成别人去风光。央及他时，还有许多作难哩。”尤辰道：“事到其间，不得不如此了。风光只在一时，怎及得大官人终身受用！”颜俊又喜又恼。

当下别了尤辰，回到书房，对钱青说道：“贤弟，又要相烦一事。”钱青道：“不知兄又有何事？”颜俊道：“出月初三，是愚兄毕姻之期，初二日就要去亲迎。原要劳贤弟一行，方才妥当。”钱青道：“前日代劳，不过泛然之事，今番亲迎，是个大礼，岂是小弟代得的？这个断然不可！”颜俊道：“贤弟所言虽当，但因初番会面，他家已认得了；如今忽换我去，必然疑心，此事恐有变卦。不但亲事不成，只恐还要成讼。那时连贤弟也有干系，却不是为小妨大，把一天好事自家弄坏了？若得贤弟亲迎回来，成就之后，不怕他闲言闲语。这是个权宜之术。贤弟须知：塔尖上功德，休得固辞。”钱青见他说得情辞恳切，只索依允。

颜俊又唤过吹手及一应接亲人从，都吩咐了说话，不许漏泄风声，取得亲回，都有重赏。众人谁敢不依？到了初二日侵晨，尤辰便到颜家相帮安排亲迎礼物，及上门各项赏赐，都封得停停当当。其钱青所用，及儒巾圆领丝绦皂靴，并皆齐备。又分派各船食用，大船二只，一只坐新人，一只媒人共新郎同坐；中船四只，散载众人；小船四只，一者护送，二者以备杂差。十余只船，筛锣掌号，一齐开出湖去。一路流星炮杖，好不兴头。正是：

门阑[8]多喜气，女婿近乘龙。

船到西山。已是下午，约莫离高家半里停泊。尤辰先到高家报信，一面安排亲迎礼物，及新人乘坐百花彩轿，灯笼火把，共有数百。钱青打扮整齐，另有青绢暖轿，四抬四绰，笙箫鼓乐，径望高家而来。那山中远近人家，都晓得高家新女婿才貌双全，竞来观看，挨肩并足，如看神会故事般热闹。钱青端坐轿中，美如冠玉，无不喝彩。有妇女曾见过秋芳的，便道："这般一对夫妻，真个郎才女貌。高家拣了许多女婿，今日果然被他拣着了！"不题众人。

且说高赞家中，大排筵席，亲朋满坐，未及天晚，堂中点得画烛通红。只听得乐声聒耳，门上人报道："娇客轿子到门了。"傧相披红插花，忙到轿前作揖，念了诗赋，请出轿来。众人谦恭揖让，延至中堂奠雁。行礼已毕，然后诸亲一一相见。众人见新郎标致，一个个暗暗称羡。献茶后，吃了茶果点心，然后定席安位。此日新女婿与寻常不同，面南专席，诸亲友环坐相陪，大吹大擂地饮酒。随从人等，外厢另有款待。

且说钱青坐于席上，只听得众人不住声地赞他才貌，贺高老选婿得人。钱青肚里暗笑道："他们好似见鬼一般！我好像做梦一般！做梦的醒了，也只扯淡；那些见神见鬼的，不知如何结末哩？我今日且落得受用。"又想道："我今日做替身，担了虚名，不知实受还在几时？料想不能如此富贵。"转了这一念，反觉得没兴起来，酒也懒吃了。高赞父子，轮流敬酒，甚是殷勤。钱青怕耽误了表兄的正事，急欲抽身，高赞固留，又坐了一回。用了汤饭，仆从的酒都吃完了。

约莫四鼓，小乙走在钱青席边，催促起身。钱青教小乙把赏封给散，起身作别。高赞量度已是五鼓时分，陪嫁妆奁俱已点检下船，只待收拾新人上轿。只见船上人都走来，说："外边风大，难以行船。且消停一时，等风头缓了好走。"原来半夜里便发了大风。那风刮得好厉害！只见：

山间拔木扬尘，湖内腾波起浪。

只为堂中鼓乐喧阗，全不觉得。高赞叫乐人住了吹打，听时，一片风声，吹得怪响，众皆愕然，急得尤辰只把脚跳。高赞心中大是不乐，只得重请入席，一面差人在外专看风色。看看天晓，那风越狂起来，刮得彤云密布，雪花飞舞。众人都起身看着天，做一块儿商议。一个道："这风还不像就住的。"一个道："半夜起的风，原要半夜里住。"又一个道："这等雪天，就是没风也怕行不得。"又一个道："只怕这雪还要大哩！"又一个道："风太急了，住了风，只怕湖胶。"又一个道："这太湖不愁他胶断，还怕的是风雪。"众人是恁般闲讲，高老和尤辰好生气闷！又挨一会，吃了早饭，风愈狂，雪愈大，料想今日过湖不成。错过了吉日良时，残冬腊月，未必有好日了。况且笙箫鼓乐，乘兴而来，怎好教他空去？

事在千难万难之际，坐间有个老者，唤作周全，是高赞老邻，平日最善处分乡里之事。见高赞沉吟无计，便道："依老汉愚见，这事一些不难。"高赞道："足下计将安在？"周全道："既是选定日期，岂可错过！令婿既已到宅，何不就此结亲？趁这筵席，做了花烛。等风息，从容回去，岂非全美！"众人齐声道："最好！"高赞正有此念，却喜得周老说话投机。当下便吩咐家人，准备洞房花烛之事。

却说钱青虽然身子在此，本是个局外之人。起初风大风小，也还不在他心上。忽见周全发此议论，暗暗心惊，还道高老未必听他。不想高老欣然应允，老大着忙，暗暗叫苦。欲央尤少梅代言，谁想尤辰平昔好酒，一来天气寒冷，二来心绪不佳，斟着大杯，只顾吃。吃得烂醉如泥，在一壁厢空椅子上，打鼾去了。钱青只得自家开口道："此百年大事，不可草草，不妨另择个日子，再来奉迎。"高赞哪里肯依，便道："翁婿一家，何分彼此！况贤婿尊人已不在堂，可以自专。”说罢，高赞入内去了。钱青又对各位亲邻，再三央及，不愿在此结亲。众人都是奉承高老的，哪一个不极口赞成？

钱青此时无可奈何，只推出恭，到外面时，却叫颜小乙与他商议。小乙心上也道不该，只教钱秀才推辞，此外别无良策。钱青道：“我已辞之再四，其奈高老不从！若执意推辞，反起其疑。我只要委曲周全你家主一桩大事，并无欺心。若有苟且，天地不容。”主仆二人正在讲话，众人都攒拢来道：“此是美事，令岳意已决矣，大官人不须疑虑！”钱青默然无语。众人揖钱青请进。午饭已毕，重排喜筵。傧相披红喝礼，两位新人打扮登堂，照依常规行礼，对了花烛。正是：

百年姻眷今宵就，一对夫妻此夜新。
得意事成失意事，有心人遇没心人。

其夜酒阑人散，高赞老夫妇亲送新郎进房，伴娘替新娘卸了头面。几遍催新郎安置，钱青只不答应。正不知什么意故，只得服侍新娘先睡，自己出房去了。丫鬟将房门掩上，又催促官人上床。钱青心上如小鹿乱撞，勉强答应一句道：“你们先睡。”丫鬟们乱了一夜，各自倒东歪西去打瞌睡。钱青本待秉灯达旦，一时不曾讨得几支蜡烛，到烛尽时，又不好声唤，忍着一肚子闷气，和衣在床外侧身而卧，也不知女孩儿头东头西。次早清清天亮，便起身出外，到舅子书馆中去梳洗。高赞夫妻只道他少年害羞，亦不为怪。

是日雪虽住了，风尚不息，高赞且做庆贺筵席。钱青吃得酩酊大醉，坐到更深进房。女孩儿又先睡了。钱青打熬不过，依旧和衣而睡，连小娘子的被窝儿也不敢触着。又过一晚，早起时，见风势稍缓，便要起身。高赞定要留过三朝，方才肯放。钱青拗不过，只得又吃了一日酒。坐间背地里和尤辰说起夜间和衣而卧之事，尤辰口虽答应，心下未必准信。事已如此，只索由他。

却说女孩儿秋芳自结亲之夜，偷眼看那新郎，生得果然齐整，心中暗暗欢喜。一连两夜，都则衣不解带，不解其故。“莫非怪我先睡了，不曾等待得他?”此是第三夜了，女孩儿预先吩咐丫鬟，只等官人进房，先请他安息。丫鬟奉命，只等新郎进来，便替他解衣脱帽。钱青见不是头，除了头巾，急急地跳上床去，贴着床里自睡，仍不脱衣。女孩儿满怀不乐，只得也和衣睡了，又不好告诉爹娘。到第四日，天气晴和，高赞预先备下送亲船只，自己和老婆亲送女孩儿过湖。娘女共是一船，高赞与钱青、尤辰又是一船。船头俱挂了杂彩，鼓乐振天，好生闹热。只有小乙受了家主之托，心中甚不快意。驾个小小快船，赶路先行。

话分两头。且说颜俊自从打发众人迎亲去后，悬悬而望。至初二日半夜，听得刮起大风大雪，心上好不着忙。也只道风雪中船行得迟，只怕错了时辰，哪想到过不得湖！一应花烛筵席，准备十全。等了一夜，不见动静，心下好闷，想道：“这等大风，倒是不曾下船还好；若在湖中行动，老大担扰哩。”又想道：“若是不曾下船，我岳父知道错过吉期，岂肯胡乱把女儿送来，定然要另选个日子。又不知几时吉利？可不闷杀了人!”又想道：“若是尤少梅能事时，在岳丈前撺掇，权且迎来，那时我哪管时日利与不利，且落得早些受用。”如此胡思乱想，坐不安席，不住地在门前张望。

到第四日风息，料到决有佳音。等到午后，只见小乙先回报道：

“新娘已娶来了，不过十里之遥。”颜俊问道：“吉期错过，他家如何肯放新人下船?”小乙道：“高家只怕错过好日，定要结亲。钱大官人替东人权做新郎三日了。”颜俊道：“既结了亲，这三夜钱大官人难道竟在新人房里睡的?”小乙道：“睡是同睡的，却不曾动弹。那钱大官人是‘看得熟鸭蛋，伴得小娘眠’的。”颜俊骂道：“放屁！哪有此理！我托你何事？你如何不叫他推辞，却做下这等勾当?”小乙道：“家人也说过来，钱大官人道：‘我只要周全你家之事，若有半点欺心，天神监察。’”颜俊此时怒从心上起，恶向胆边生。一巴掌将小乙打在一边，气忿忿地奔出门外，专等钱青来厮闹。

恰好船已拢岸。钱青终有细腻，预先嘱付尤辰伴住高老，自己先跳上岸。只为自反无愧，理直气壮，昂昂地步到颜家门首。望见颜俊，笑嘻嘻地正要上前作揖，告诉衷情。谁知颜俊以小人之心，度君子之腹，此际便是仇人相见，分外眼睁，不等开言，便扑地一头撞去，咬定牙根，狠狠地骂道：“天杀的！你好快活！”说声未毕，揸开五指，将钱青和巾和发，扯做一把，乱踢乱打，口里不绝声地道：“天杀的！好欺心！别人费了钱财，把与你现成受用！”钱青口中也自分辩。颜俊打骂忙了，哪里听他半个字儿。家人也不敢上前相劝。钱青吃打慌了，但呼救命。船上人听得闹吵，都上岸来看。只见一个丑汉，将新郎痛打，正不知什么意故。都走拢来解劝，哪里劝得他开？高赞盘问他家人，那家人料瞒不过，只得实说了。高赞不闻犹可，一闻之时，心头火起，大骂尤辰无理，做这等欺三瞒四的媒人，说骗人家女儿，也扭着尤辰乱打起来。高家送亲的人，也自心怀不平，一齐动手要打那丑汉。颜家的家人回护家主，就与高家从人对打。先前颜俊和钱青是一对厮打，以后高赞和尤辰是两对厮打，结末两家家人，扭作一团厮打。看的重重叠叠，越发多了，街道拥塞难行。却似：

九里山前摆阵势，昆阳城下赌输赢。

事有凑巧，其时本县大尹恰好送了上司回轿，至于北门，见街上震天喧嚷，却是厮打的，停了轿子，喝教拿下。众人见知县相公拿人，都则散了。只有颜俊兀自扭住钱青，高赞兀自扭住尤辰，纷纷告诉，一时不得其详。大尹都教带到公庭，逐一细审，不许搀口。见高赞年长，先叫他上堂诘问。高赞道："小人是洞庭山百姓，叫作高赞，为女择婿，相中了女婿才貌，将女许配。初三日，女婿上门亲迎，因被风雪所阻。小人留女婿在家，完了亲事。今日送女到此。不期遇了这个丑汉，将小人的女婿毒打。小人问其缘故，却是那丑汉买嘱媒人，要哄骗小人的女儿为婚，却将那姓钱的后生，冒名到小人家里。老爷只问媒人，便知奸弊。"大尹道："媒人叫作甚名字？可在这里么？"高赞道："叫作尤辰，现在台下。"

大尹喝退高赞，唤尤辰上来，骂道："弄假成真，以非为是，都是你弄出这个伎俩！你可实实供出，免受重刑。"尤辰初时还只含糊抵赖。大尹发怒，喝教取夹棍伺候。尤辰虽然市井，从未熬刑，只得实说。起初颜俊如何央小人去说亲，高赞如何作难，要选才貌，后来如何央钱秀才冒名去拜望，直到结亲始末，细细述了一遍。大尹点头道："此是实情了。颜俊这厮费了许多事，却被别人夺了头筹，也怪不得发恼。只是起先设心哄骗的不是。"便教颜俊，审其口词，颜俊已听尤辰说了实话，又见知县相公词气温和，只得也叙了一遍。两口相同。

大尹结末唤钱青上来，一见钱青青年美貌，且被打伤，便有几分爱他怜他之意，问道：“你个秀才，读孔子之书，达周公之礼，如何替人去拜望迎亲，同谋哄骗，有乖行止？”钱青道：“此事原非生员所愿，只为颜俊是生员表兄，生员家贫，又馆谷于他家，被表兄再四央求不过，勉强应承。只道一时权宜，玉成其事。”大尹道：“住了！你既为亲情而往，就不该与那女儿结亲了。”钱青道：“生员原只代他亲迎。只为一连三日大风，太湖之隔，不能行舟，故此高赞怕误了婚期，要生员就彼花烛。”大尹道：“你自知替身，就该推辞了。”颜俊从旁磕头道：“青天老爷！只看他应承花烛，便是欺心。”大尹喝道：“不要多嘴，左右扯他下去！”再问钱青：“你那时应承做亲，难道没有个私心？”钱青道：“只问高赞便知。生员再三推辞，高赞不允。生员若再辞时，恐彼生疑，误了表兄的大事。故此权成大礼。虽则三夜同床，生员和衣而睡，并不相犯。”大尹呵呵大笑道：“自古以来，只有一个柳下惠坐怀不乱。那鲁男子就自知不及，风雪之中，就不肯放妇人进门了。你少年子弟，血气未定，岂有三夜同床，并不相犯之理？这话哄得哪一个！”钱青道：“生员今日自陈心迹，父母老爷未必相信。只教高赞去问自己的女儿，便知真假。”大尹想道：“那女儿若有私情，如何肯说实话？”当下想出个主意来，便教左右唤到老实稳婆一名，到舟中试验高氏是否处女，速来回话。

不一时，稳婆来复知县相公，那高氏果是处子，未曾破身。颜俊在阶下听说高氏还是处子，便叫喊道：“既是小的妻子不曾破坏，小的情愿成就。”大尹又道：“不许多嘴！”再叫高赞道：“你心下愿将女儿配哪一个?”高赞道：“小人初时原看中了钱秀才，后来女儿又与他做过花烛。虽然钱秀才不欺暗室，与小女即无夫妇之情，已定了夫妇之义。若教女儿另嫁颜俊，不唯小人不愿，就是女儿也不愿。”大尹道：“此言正合吾意。”钱青心下倒不肯，便道：“生员此行，实是为公不为私。若将此女归了生员，把生员三夜衣不解带之意全然没了。宁可令此女别嫁，生员决不敢冒此嫌疑，惹人谈论。”大尹道：“此女若归他人，你过湖这两番替人诓骗，便是行止有亏，干碍前程了。今日与你成就亲事，乃是遮掩你的过失。况你的心迹已自洞然，女家两相情愿，有何嫌疑?休得过让，我自有明断。”遂举笔判云：

高赞相女配夫，乃其常理；颜俊借人饰己，实出奇闻。东床已招佳选，何知以羊易牛；西邻纵有责言，终难指鹿为马。两番渡湖，不让传书柳毅；三宵隔被，何惭秉烛云长。风伯为媒，天公作合。佳男配了佳妇，两得其宜；求妻到底无妻，自作之孽。高氏断归钱青，不另作花烛。颜俊既不合设骗局于前，又不合奋老拳于后。事已不谐，姑免罪责。所费聘仪，合助钱青，以赎一击之罪。尤辰往来煽诱，实启衅端，重惩示儆。

判讫，喝教左右，将尤辰重责三十板，免其画供，竟行逐出，盖不欲使钱青冒名一事彰闻于人也。高赞和钱青拜谢。一干人出了县门，颜俊满面羞惭，敢怒而不敢言，抱头鼠窜而去，有好几月不敢出门。尤辰自回家将息棒疮不题。

却说高赞邀钱青到舟中，反殷勤致谢道：“若非贤婿才行俱全，上官起敬，小女几乎错配匪人。今日倒要屈贤婿同小女到舍下少住几时，不知贤婿宅上还有何人？”钱青道：“小婿父母俱亡，别无亲人在家。”高赞道：“既如此，一发该在舍下住了，老夫供给读书，贤婿意下如何？”钱青道：“若得岳父扶持，足感盛德。”是夜开船离了吴江，随路宿歇。次日早到西山。一山之人闻知此事，皆当新闻传说。又知钱青存心忠厚，无不钦仰。后来钱青一举成名，夫妻偕老。有诗为证：

丑脸如何骗美妻，作成表弟得便宜。
可怜一片吴江月，冷照鸳鸯湖上飞。

【注释】

①选自《醒世恒言》第七卷。

②揸：把手指张开。

③恁（nèn）：这么，这样。

④丁了父忧：遭逢父亲丧事。

⑤忒（tuī）：太。

⑥褴褛：（衣服）破烂。

⑦范蠡、张翰、陆龟蒙：范蠡，字少伯，楚国宛（今河南南阳）人，春秋末期越国名臣。曾献策扶助越王勾践复国，兴越灭吴，后隐去。张翰，字季鹰，吴郡吴县（今江苏苏州）人，西晋文学家，性格放纵不拘，时人比之为阮籍，号江东步兵。陆龟蒙，字鲁望，号天随子，吴郡（今江苏苏州）人。举进士不第，辟苏、湖二郡从事，后退隐松江甫里，多所论撰。

⑧阑：门前的栅栏。

作者信息

冯梦龙（1574—1646），字犹龙，又字子犹、耳犹，别号龙子犹、顾曲散人、墨憨斋主人等，长洲（今江苏苏州）人。明代文学家。他一生主要从事通俗文学的研究、整理与创作，成就卓著。《喻世明言》《警世通言》《醒世恒言》都是他所编。

品鉴

“三言”和“二拍”都是注重娱乐性的小说，这篇同样如此。它写丑陋的富人颜俊设计骗婚，终于失败，却让其表弟钱青娶到了一个美貌妻子的故事。骗婚的过程富于悬念，结局又出人意料，因而读来很有趣味。

这篇小说的另一个特点，是比较注重人物与环境的关系，不只是根据某种道德观念来设计人物，因而人物写得较为真实。例如钱青，他参与骗婚，主要是因其生活依赖颜俊，出于无奈。所以此事虽不符合道德，但作品并不因此而把他写作道德败坏的人。

刘东山夸技顺城门　十八兄奇踪村酒肆[①]

凌濛初

诗云：

弱为强所制，不在形巨细。
蝍蛆带是甘，何曾有长喙[②]？

话说天地间，有一物，必有一制，夸不得高，恃不得强。这首诗所言“蝍蛆”是什么？就是那赤足蜈蚣，俗名“百脚”，又名“百足之虫”。这“带”又是什么？是那大蛇。其形似带一般，故此得名。岭南多大蛇，长数十丈，专要害人。那边地方里居民，家家蓄养蜈蚣，有长尺余者，多放在枕畔或枕中。若有蛇至，蜈蚣便啧啧作声。放他出来，他鞠起腰来，首尾着力，一跳有一丈来高，便搭住在大蛇七寸内，用那铁钩也似一对钳来钳住了，吸他精血，至死方休。这数十丈长、斗来大的东西，反缠死在尺把长、指头大的东西手里，所以古语道“蝍蛆甘带[③]”，盖谓此也。

汉武帝延和三年，西胡月支[④]国献猛兽一头，形如五六十日新生的小狗，不过比狸猫[⑤]般大，拖一个黄尾儿。那国使抱在手里，进门来献。武帝见他生得猥琐，笑道：“此小物，何谓猛兽？”使者对曰：“夫威加于百禽者，不必计其大小。是以神麟为巨象之王，凤凰为大鹏之宗，亦不在巨细也。”武帝不信，乃对使者说：“试叫他发声来朕听。”使者乃将手一指，此兽舐唇摇首一会，猛发一声，便如平地上起一个霹雳，两目闪烁，放出两道电光来。武帝登时颠出亢金椅子，急掩两耳，颤一个不住。侍立左右及羽林摆立仗下军士，手中所拿的东西悉皆震落。武帝不悦，即传旨意，教把此兽付上林苑[6]中，待群虎食之。上林苑令遵旨。只见拿到虎圈边放下，群虎一见，皆缩作一堆，双膝跪倒。上林苑令奏闻，武帝愈怒，要杀此兽。明日连使者与猛兽皆不见了。猛悍到了虎豹，却乃怕此小物。所以人之膂力强弱，智术长短，没个限数。正是：

强中更有强中手，莫向人前夸大口。

唐时有一个举子，不记姓名地方。他生得膂力过人，武艺出众。一生豪侠好义，真正路见不平，拔刀相助。他进京会试，不带仆从，恃着一身本事，鞴[7]着一匹好马，腰束弓箭短剑，一鞭独行。一路收拾些雉兔野味，到店肆中宿歇，便安排下酒。

一日在山东路上，马跑得快了，赶过了宿头。至一村庄，天已昏黑，自度不可前进。只见一家人家开门在那里，灯光射将出来。举子下了马，一手牵着，挨近看时，只见进了门，便是一大空地，空地上有三四块太湖石叠着。正中有三间正房，有两间厢房，一老婆子坐在中间绩麻。听见庭中马足之声，起身来问。举子高声道：“妈妈，小生是失路借宿的。”那老婆子道：“官人，不方便，老身做不得主。”听他言词中间，带些凄惨。举子有些疑心，便问道：“妈妈，你家男人多在哪里去了？如何独自一个在这里？”老婆子道：

“老身是个老寡妇，夫亡多年，只有一子，在外做商人去了。”举子道：“可有媳妇?”老婆子蹙着眉头道：“是有一个媳妇，赛得过男子，尽挣得家住。只是一身大气力，雄悍异常。且是气性粗急，一句差池，经不得一指头，擦着便倒。老身虚心冷气，看他眉头眼后，常是不中意，受他凌辱的。所以官人借宿，老身不敢做主。”说罢，泪如雨下。举子听得，不觉双眉倒竖，两眼圆睁道：“天下有如此不平之事！恶妇何在？我为尔除之。”遂把马拴在庭中太湖石上了，拔出剑来。老婆子道：“官人不要太岁头上动土，我媳妇不是好惹的。他不习女工针指，每日午饭已毕，便空身走去山里，寻几个獐鹿兽兔还家，腌腊起来，卖与客人，得几贯钱。常是一二更天气才得回来。日逐用度，只靠着他这些，所以老身不敢逆他。”举子按下剑入了鞘，道：“我生平专一欺硬怕软，替人出力。谅一个妇女，到得哪里？既是妈妈靠他度日，我饶他性命不杀他，只痛打他一顿，教训他一番，使他改过性子便了。”老婆子道：“他将次回来了，只劝官人莫惹事的好。”举子气忿忿地等着。

只见门外一大黑影，一个人走将进来，将肩上叉口也似一件东西往庭中一摔，叫道：“老嬷，快拿火来，收拾行货。”老婆子战兢兢地道：“是甚好物事呵?”把灯一照，吃了一惊，乃是一只死了的斑斓猛虎。说时迟，那时快，那举子的马在火光里，看见了死虎，惊跳不住起来。那人看见，便道：“此马何来?”举子暗里看时，却是一个黑长妇人。见他模样，又背了个死虎来，忖道：“也是个有本事的。”心里先有几分惧他。忙走去带开了马，缚住了，走向前道：“小生是失路的举子，赶过宿头，幸到宝庄，见门尚未阖，斗胆求借一宿。”那妇人笑道：“老嬷好不晓事！既是个贵人，如何更深时候，叫他在露天立着?”指着死虎道：“贱婢今日山中，遇此泼花团[8]，争持多时，才得了当。归得迟些个，有失主人之礼，贵人勿罪。”举子见他语言爽恺[9]，礼度周全，暗想道：“也不是不可化诲[10]的。”连应道：“不敢，不敢。”妇人走进堂，提一把椅来，对举子道：“该请进堂里坐，只是妇姑两人，都是女流，男女不可相混，屈在廊下一坐罢。”又掇张桌来，放在面前，点个灯来安下。然后下庭中来，双手提了死虎，到厨下去了。须臾之间，烫了一壶热酒，托出一个大盘来，内有热腾腾的一盘虎肉，一盘鹿脯，又有些腌腊雉兔之类五六碟，道：“贵人休嫌轻亵则个。”举子见他殷勤，接了自斟自饮。须臾间酒尽肴完，举子拱手道：“多谢厚款。”那妇人道：“惶愧，惶愧。”便将了盘来，收拾桌上碗盏。

举子乘间便说道：“看娘子如此英雄，举止恁地贤明，怎么尊卑分上觉得欠些个?”那妇人将盘一搠[11]，且不收拾，怒目道：“适间老死魅曾对贵人说些甚谎么?”举子忙道：“这是不曾，只是看见娘子称呼词色之间，甚觉轻倨，不像个婆媳妇道理。及见娘子待客周全，才能出众，又不像个不近道理的，故此好言相问一声。”那妇人见说，一把扯了举子的衣袂，一只手移着灯，走到太湖石边来道：“正好告诉一番。”举子一时间挣扎不脱，暗道：“等他说得没理时，算计打他一顿。”只见那妇人倚着太湖石，就在石上拍拍手道：“前日有一事，如此如此，这般这般，是我不是，是他不是?”道罢，便把一个食指向石上一划道：“这是一件了。”划了一划，只见那石皮乱爆起来，已自抠去了一寸有余深。连连数了三件，划了三划，那太湖石便似锥子凿成一个“川”字，斜看来又是“三”字，足足皆有寸余，就像镌刻的一般。那举子惊得浑身汗出，满面通红，连声道：

“都是娘子的是。”把一片要与他分个皂白的雄心，好像一桶雪水当头一淋，气也不敢抖了。妇人说罢，擎出一张匡床来与举子自睡，又替他喂好了马。却走进去与老婆子关了门，熄了火睡了。举子一夜无眠，叹道：“天下有这等大力的人！早是不曾与他交手，不然，性命休矣。”巴到天明，鞴了马，作谢了，再不说一句别的话，悄然去了。自后收拾了好些威风，再也不去惹闲事管，也只是怕逢着哞嗻[12]似他的吃了亏。

今日说一个恃本事说大话的，吃了好些惊恐，惹出一场话柄来。正是：

虎为百兽尊，百兽伏不动。

若逢狮子吼，虎又全没用。

话说国朝嘉靖年间，北直隶河间府交河县一人姓刘名嵚，叫作刘东山，在北京巡捕衙门里当一个缉捕军校的头。此人有一身好本事，弓马熟娴，发矢再无空落，人号他连珠箭。随你异常狠盗，逢着他便如瓮中捉鳖，手到拿来。因此也积攒得有些家事。年三十余，觉得心里不耐烦做此道路，告脱了，在本县去别寻生理。

一日，冬底残年，赶着驴马十余头到京师转卖，约卖得一百多两银子。交易完了，至顺城门（即宣武门）雇骡归家。在骡马主人店中，遇见一个邻舍张二郎入京来，同在店买饭吃。二郎问道：“东山何往？”东山把前事说了一遍，道：“而今在此雇骡，今日宿了，明日走路。”二郎道：“近日路上好生难行，良乡、鄚州一带，盗贼出没，白日劫人。老兄带了偌多银子，没个做伴，独来独往，只怕着了道儿，须放仔细些！”东山听罢，不觉须眉开动，唇齿奋扬。把两只手捏了拳头，做一个开弓的手势，哈哈大笑道：“二十年间，张弓追讨，矢无虚发，不曾撞个对手。今番收场买卖，定不到得折本。”店中满座听见他高声大喊，尽回头来看。也有问他姓名的，道：“久仰，久仰。”二郎自觉有些失言，作别出店去了。

东山睡到五更头，爬起来，梳洗结束。将银子紧缚裹肚内，扎在腰间，肩上挂一张弓，衣外挎一把刀，两膝下藏矢二十簇。拣一个高大的健骡，腾地骑上，一鞭前走。走了三四十里，来到良乡，只见后头有一人奔马赶来，遇着东山的骡，便按辔少驻。东山举目觑他，却是一个二十岁左右的美少年，且是打扮得好。但见：

黄衫毡笠，短剑长弓。箭房中新矢二十余枝，马额上红缨一大簇。裹腹闹装灿烂，是个白面郎君；恨人紧辔喷嘶，好匹高头骏骑！

东山正在顾盼之际，那少年遥叫道：“我们一起走路则个。”就向东山拱手道：“造次[13]行途，愿问高姓大名。”东山答道：“小可姓刘名嵚，别号东山，人只叫我是刘东山。”少年道：“久仰先辈大名，如雷贯耳，小人有幸相遇。今先辈欲何往？”东山道：“小可要回本籍交河县去。”少年道：“恰好，恰好。小人家住临淄，也是旧族子弟，幼年颇曾读书，只因性好弓马，把书本丢了。三年前带了些资本往京贸易，颇得些利息。今欲归家婚娶，正好与先辈作伴同路行去，放胆壮些。直到河间府城，然后分路。有幸，有幸。”东山一路看他腰间沉重，语言温谨，相貌俊逸，身材小巧，谅道不是歹人。且路上有伴，不至寂寞，心上也欢喜，道：“当得相陪。”是夜一同下了旅店，同一处饮食歇宿，如兄若弟，甚是相得。

明日，并辔出涿州。少年在马上问道："久闻先辈最善捕贼，一生捕得多少？也曾撞着好汉否？"东山正要夸逞自家手段，这一问揉着痒处，且量他年小可欺，便侈口[14]道："小可生平两只手一张弓，拿尽绿林中人，也不记其数，并无一个对手。这些鼠辈，何足道哉！而今中年心懒，故弃此道路。倘若前途撞着，便中拿个把儿，你看手段！"少年但微微冷笑道："原来如此。"就马上伸手过来，说道："借肩上宝弓一看。"东山在骡上递将过来，少年左手把住，右手轻轻一拽就满，连放连拽，就如一条软绢带。东山大惊失色，也借少年的弓过来看。看那少年的弓，约有二十斤重，东山用尽平生之力，面红耳赤，不要说扯满，只求如初八夜头的月[15]，再不能够。东山惶恐无地，吐舌道："使得好硬弓也！"便向少年道："老弟神力，何至于此！非某所敢望也。"少年道："小人之力，可足称神？先辈弓自太软耳。"东山赞叹再三，少年极意谦谨。晚上又同宿了。

至明日又同行，日西时过雄县。少年拍一拍马，那马腾云也似前面去了。东山望去，不见了少年。他是贼窠中弄老了的，见此行止，如何不慌？私自道："天教我这番倒了架[16]！倘是个不良人，这样神力，如何敌得？势无生理。"心上正如十五个吊桶打水，七上八落的。没奈何，迤迤[17]行去。行得一二铺[18]，遥望见少年在百步外，正弓挟矢，扯个满月，向东山道："久闻足下手中无敌，今日请先听箭风。"言未罢，飕的一声，东山左右耳根但闻肃肃如小鸟前后飞过，只不伤着东山。又将一箭引满，正对东山之面，大笑道："东山晓事人，腰间骡马钱快送我罢，休得动手。"东山料是敌他不过，先自慌了手脚，只得跳下鞍来，解了腰间所系银袋，双手捧着，膝行至少年马前，叩头道："银钱谨奉好汉将去，只求饶命！"少年马上伸手，提了银包，大喝道："要你性命做甚？快走！快走！你老子有事在此，不得同儿子前行了。"掇转[19]马头，向北一道烟跑，但见一路黄尘滚滚，霎时不见踪影。

东山呆了半晌，捶胸跌足起来道："银钱失去也罢，叫我如何做人？一生好汉名头，到今日弄坏，真是张天师吃鬼迷[20]了。可恨！可恨！"垂头丧气，有一步没一步的，空手归交河。到了家里，与妻子说知其事，大家懊恼一番。夫妻两个商量，收拾些本钱，在村郊开个酒铺，卖酒营生，再不去张弓挟矢了。又怕有人知道，坏了名头，也不敢向人说着这事，只索罢了。

过了三年，一日，正值寒冬天道，有词为证：

霜瓦鸳鸯，风帘翡翠，今年早是寒少。矮钉明窗，侧开朱户，断莫乱教人到。重阴未解，云共雪商量不了。青帐垂毡要密，红幕放围宜小。（调寄《天香前》）。

却说冬日间，东山夫妻正在店中卖酒，只见门前来了一伙骑马的客人，共是十一个。个个骑的是自鞴的高头骏马，鞍辔鲜明。身上俱紧束短衣，腰带弓矢刀剑。次第[21]下了马，走入肆中来，解了鞍舆。刘东山接着，替他赶马归槽。后生自去剉[22]草煮豆，不在话下。内中只有一个未冠的人，年纪可有十五六岁，身长八尺，独不下马，对众道："弟十八自向对门住休。"众人都答应一声道："咱们在此少住，便来服侍。"只见其人自走对门去了。

十人自来吃酒，主人安排些鸡、豚、牛、羊肉来做下酒。须臾之间，狼飧虎咽，算来吃够有六七十斤的肉，倾尽了六七坛的酒，又叫主人将酒肴送过对门楼上，与那未冠的人吃。众人吃完了店中东西，还叫未畅，遂开皮囊，取出鹿蹄、野雉、烧兔等物，笑道："这是我们的东道，可叫主人来同酌。"东山推逊一回，才来坐下。把眼去逐个瞧了一瞧，瞧到北面左手那一人，毡笠儿垂下，遮着脸不甚分明。猛见他抬起头来，东山仔细一看，吓得魂不附体，只叫得苦。你道那人是谁？正是在雄县劫了骡马钱去的那一个同行少年。东山暗想道："这番却是死也！我些些生计，怎禁得他要起？况且前日一人尚不敢敌，今人多如此，想必个个是一般英雄，如何是了？"心中忒忒地跳，真如小鹿儿撞，面向酒杯，不敢则一声。众人多起身与主人劝酒。坐定一会，只见北面左手坐的那一个少年把头上毡笠一掀，呼主人道："东山别来无恙么？往昔承挈同行周旋，至今想念。"东山面如土色，不觉双膝跪下道："望好汉恕罪！"少年跳离席间，也跪下去，扶起来，挽了他手道："快莫要作此状！快莫要作此状！羞死人。昔年俺们众兄弟在顺城门店中，闻卿自夸手段天下无敌。众人不平，却叫小弟在途间作此一番轻薄事，与卿作耍，取笑一回。然负卿之约，不到得河间。魂梦之间，还记得与卿并辔任丘道上。感卿好情，今当还卿十倍。"言毕，即向囊中取出千金，放在案上，向东山道："聊当别来一敬，快请收进。"东山如醉如梦，呆了一晌，怕又是取笑，一时不敢应承。那少年见他迟疑，拍手道："大丈夫岂有欺人的事？东山也是个好汉，直如此胆气虚怯！难道我们弟兄直到得真个取你的银子不成？快收了去。"刘东山见他说话说得慷慨，料不是假，方才如醉初醒，如梦方觉，不敢推辞。走进去与妻子说了，就叫他出来同收拾了进去。

安顿已了，两人商议道："如此豪杰，如此恩德，不可轻慢。我们再须杀牲开酒，索性留他们过宿，顽耍几日则个。"东山出来称谢，就把此意与少年说了，少年又与众人说了。大家道："即是这位弟兄故人，有何不可？只是还要去请问十八兄一声。"便一齐走过对门，与未冠的那一个说话。东山也随了去看，这些人见了那个未冠的，甚是恭谨。那未冠的待他众人甚是庄重。众人把主人要留他们过宿顽耍的话说了，那未冠的说道："好，好，不妨。只是酒醉饭饱，不要贪睡，负了主人殷勤之心。少有动静，俺腰间两刀有血吃了。"众人齐声道："弟兄们理会得。"东山一发莫测其意。众人重到肆中，开怀再饮，又携酒到对门楼上。众人不敢陪，只是十八兄自饮。算来他一个吃的酒肉，比得店中五个人。十八兄吃阑[23]，自探囊中取出一个纯银笊篱[24]来，煽起炭火，做煎饼自啖。连啖了百余个，收拾了，大踏步出门去，不知所向。直到天色将晚，方才回来，重到对门住下，竟不到刘东山家来。众人自在东山家吃耍。走去对门相见，十八兄也不甚与他们言笑，大是倨傲[25]。

东山疑心不已，背地扯了那同行少年问他道："你们这个十八兄，是何等人？"少年不答应，反去与众人说了，各各大笑起来。不说来历，但高声吟诗曰："杨柳桃花相间出，不知若个是春风？"吟毕，又大笑。住了三日，俱各作别了，结束[26]上马。未冠的在前，其余众人在后，一拥而去。

东山到底不明白，却是骤得了千来两银子，手头从容，又怕生出别事来，搬在城内，另做营运去了。后来见人说起此事，有识得的道："详他两句语意，是个'李'字；况且又称十八兄，想必未冠的那人姓李，是个为头的了。看他对众的说话，他恐防有人暗算，故在对门，两处住了，好相照察。亦且不与十人作伴同食，有个尊卑的意思。夜间独出，想又去做什么勾当来，却也没处查他的确。”

那刘东山一生英雄，遇此一番，过后再不敢说一句武艺上头的话，弃弓折箭，只是守着本分营生度日，后来善终。可见人生一世，再不可自恃高强。那自恃的，只是不曾逢着狠主子哩。有诗单说这刘东山道：

生平得尽弓矢力，直到下场逢大敌。
人世休夸手段高，霸王也有悲歌日。

又有诗说这少年道：

英雄从古轻一掷，盗亦有道真堪述。
笑取千金偿百金，途中竟是好相识。

【注释】

①选自《初刻拍案惊奇》卷三。

②喙：鸟兽的嘴。

③蝍蛆（jí jū）甘带：语出《庄子·齐物论》，意思是蜈蚣钳住了长蛇。

④月支：汉朝西域国名。

⑤狸猫：即豹猫。哺乳动物，形状跟猫相似，性凶猛。

⑥上林苑：秦代的皇家园林，汉武帝又加以扩充修建。

⑦鞴：装束马，即在马上装鞍、辔等。

⑧泼花团：混账东西，指斥禽兽之语。

⑨爽恺：爽快，痛快。

⑩化诲：教育，感化。

⑪搠：用力一推，摔。

⑫哰嗻（chē zhē）：厉害，狠。

⑬造次：鲁莽。

⑭侈口：夸口，吹牛。

⑮初八夜头的月：半圆的月亮。

⑯倒了架：丢了面子，垮台。

⑰迍迍（zhūn zhūn）：行动缓慢的样子。

⑱一二铺：一二十里。从前每隔十里设一铺，以便传递公文。

⑲掇转：掉转。

⑳张天师吃鬼迷：传说张天师善治鬼，此处指出乎意料的失败，暗指刘东山原是捕盗人员却反被抢劫的意思。

㉑次第：一个接一个地，按次序。

㉒剉：切，铡。

㉓阑：尽。

㉔笊篱：用金属丝或竹篾柳条等制成的能漏水的用具，有长柄，用来捞东西。

㉕倨傲：骄傲，傲慢。

㉖结束：装束，打扮。

作者信息

凌濛初（1580—1644），字玄房，号初成，别号即空观主人，乌程

（今浙江湖州）人。明代文学家。他所编的《初刻拍案惊奇》和《二刻拍案惊奇》以想象和趣味取胜，在当时就很受欢迎。作品有较强的市民意识，与传统的道德观念颇有违异之处。

品　鉴

这篇所包含的四则，虽都是“强中自有强中手”的故事，但由简到繁，逐步引人入胜。第四则写得尤为精彩，而且扑朔迷离，在结束时还给读者留下了许多悬念。

吴惠叔言[1]

纪昀

吴惠叔言：医者某生，素谨厚。一夜，有老媪[2]持金钏一双，就买堕胎药。医者大骇，峻[3]拒之。次夕，又添持珠花两枝来。医者益骇，力挥去。越半载余，忽梦为冥司所拘，言有诉其杀人者。至则一披发女子，项勒红巾，泣陈乞药不与状。医者曰："药以活人，岂敢杀人以渔利！汝自以奸败，于我何尤？"女子曰："我乞药时，孕未成形，倘得堕之，我可不死。是破一无知之血块，而全一待尽之命也。既不得药，不能不产，以致子遭扼杀，受诸痛苦，我亦见逼而就缢。是汝欲全一命，反戕两命矣。罪不归汝，反归谁乎？"冥官喟然曰："汝之所言，酌乎事势；彼所执者，则理也。宋以来，固执一理而不揆[4]事势之利害者，独此人也哉？汝且休矣！"拊[5]几有声，医者悚然而寤[6]。

【注释】

①选自《阅微草堂笔记·如是我闻（三）》。

②媪：对老年妇女的敬称。

③峻：严厉。

④揆：度量，考察。

⑤拊：拍，敲。

⑥寤：睡醒。

东光有王莽河[1]

纪昀

东光[2]有王莽河[3]，即胡苏河也。旱则涸，水则涨，每病涉焉[4]。外舅马公周箓言：雍正末，有丐妇一手抱儿，一手扶病姑[5]涉此水。至中流，姑蹶[6]而仆。妇弃儿于水，努力负姑出。姑大诟[7]曰："我七十老妪，死何害！张氏数世，待此儿延香火，尔胡弃儿以拯我？斩祖宗之祀者，尔也！"妇泣不敢语，长跪而已。越两日，姑竟以哭孙不食死。妇呜咽不成声，痴坐数日，亦立槁[8]。不知其何许人，但于其姑詈[9]妇时，知为姓张耳。有著论者，谓儿与姑较，则姑重；姑与祖宗较，则祖宗重。使妇或有夫，或尚有兄弟，则弃儿是。既两世穷嫠，止一线之孤子，则姑所责者是，妇虽死有余悔焉。

姚安公曰："讲学家责人无已时。夫急流汹涌，少纵即逝，此岂能深思长计时哉！势不两全，弃儿救姑，此天理之正，而人心之所安也。使姑死而儿存，终身宁不耿耿耶？不又有责以爱儿弃姑者耶？且儿方提抱，育不育未可知，使姑死而儿又不育，悔更何如耶？此妇所为，超出恒情已万万，不幸而其姑自殒，以死殉之，其亦可哀矣！犹沾沾焉而动其喙[10]，以为精义之学，毋乃白骨衔冤，黄泉赍恨[11]乎！孙复[12]作《春秋尊王发微》，二百四十年内，有贬无褒；胡致堂[13]作《读史管见》，三代以下无完人。辨则辨矣，非吾之所欲闻也。"

【注释】

①选自《阅微草堂笔记·槐西杂志（二）》。

②东光：县名，今属河北。

③王莽河：古水名，今东光汇清河。

④每病涉焉：常常以涉河为难事。

⑤姑：丈夫的母亲。

⑥蹶：跌倒。

⑦诟：骂。

⑧槁：干枯，这里指死。

⑨詈：骂。

⑩动其喙：动嘴，这里指评价、议论。

⑪赍（jī）恨：含恨。赍，带着。

⑫孙复：字明复，晋州平阳（今山西临汾）人。北宋学者。曾在泰山南麓建泰山书院讲学，故世称泰山先生。

⑬胡致堂：胡寅，字明仲，建州崇安（今福建武夷山）人。南宋学者。世称致堂先生。

作者信息

纪昀（1724—1805），字晓岚，直隶献县（今属河北）人。曾任《四库全书》总纂官，是清代地位高而知识广博的学者。他的《阅微草堂笔记》是内容广博的笔记小说，也不乏趣味性。

品 鉴

两篇短文，都以宋元理学作为批判对象。第一篇中所谓“宋以来，固执一理而不揆事势之利害者”固然是指理学家，第二篇的所谓“精义之学”，也是这些理学家用以自我标榜的话头。作者在当时能进行这样的思考，实在相当了不起。